Georges Le Faure

La Mystérieuse aventure de Fridette

Roman

 Le code de la propriété intellectuelle du 1er juillet 1992 interdit en effet expressément la photocopie à usage collectif sans autorisation des ayants droit. Or, cette pratique s'est généralisée dans les établissements d'enseignement supérieur, provoquant une baisse brutale des achats de livres et de revues, au point que la possibilité même pour les auteurs de créer des œuvres nouvelles et de les faire éditer correctement est aujourd'hui menacée. En application de la loi du 11 mars 1957, il est interdit de reproduire intégralement ou partiellement le présent ouvrage, sur quelque support que ce soit, sans autorisation de l'Éditeur ou du Centre Français d'Exploitation du Droit de Copie, 20, rue Grands Augustins, 75006 Paris.

ISBN : 978-3-98881-996-3

10 9 8 7 6 5 4 3 2 1

Georges Le Faure

La Mystérieuse aventure de Fridette

Roman

Table de Matières

CHAPITRE PREMIER	7
CHAPITRE II	15
CHAPITRE III	21
CHAPITRE IV	27
CHAPITRE V	36
CHAPITRE VI	45
Chapitre sans titre	50
CHAPITRE VIII	63
CHAPITRE IX	69
CHAPITRE X	77

CHAPITRE PREMIER
Le passager de l'« Auvergne ».

— Beau temps ! s'exclama André Routier en mettant le pied sur le pont chargé de senteurs salines.

— Oui, approuva distraitement M. Heldrick, fort occupé à couper avec son canif l'extrémité d'un cigare.

Il déclara presque aussitôt, d'un ton mécontent :

— Un fumeur ne devrait jamais voyager… rien n'altère un cigare comme l'humidité de la mer…

Les sourcils du jeune homme haussés trahissant sa surprise, son compagnon expliqua avec un sourire large :

— Vous autres, Européens, vous ne pouvez guère comprendre cette passion-là, mais, aux Îles, nous sommes d'enragés fumeurs.

André Routier eut de la tête une inclinaison polie et parut s'absorber dans la contemplation des vagues molles qui s'étendaient jusqu'à l'infini.

— Savez-vous à quelle heure on entre dans le canal ? demanda M. Heldrick.

— J'ai entendu tout à l'heure le commandant parler de vingt-trois heures, répondit André…

— En ce cas, je connais quelqu'un qui ne verra pas les ruines…

— On dit pourtant qu'au clair de lune, c'est un spectacle fantastique…

— Possible, mais la lune se lève beaucoup trop tard pour moi, fit le Hollandais en riant…

En ce moment, l'attention des deux causeurs se trouva concentrée toute sur une jeune fille qui venait d'apparaître sur le pont et se dirigeait vers eux…

Vêtue d'une robe d'étoffe claire, chaussée de toile blanche, un béret de laine sur ses cheveux blonds, la nouvelle venue, avec sa démarche légère et ses gestes harmonieux, donnait l'impression de la sportive par excellence, impression que soulignait la raquette qu'elle tenait à la main…

Son visage, aux traits fins, exprimait l'énergie en même temps que le regard, jailli droit de la prunelle sombre, ainsi qu'une lame d'épée, disait la franchise et la crânerie...

Un grand chien de montagne marchait gravement sur ses talons...

— Comment va M. Dubreuil ?... demanda André qui, le premier, avait rejoint la jeune fille...

— Mon père est mieux, je vous remercie, pas assez bien cependant pour avoir pu venir s'asseoir à table pour le déjeuner..., mais, cependant, il m'a chargée de vous dire qu'il se tenait à votre disposition pour la revanche qu'il vous doit.

— Où est-il ?... dans le fumoir ?... au petit salon ?...

— Il vous demande de vouloir bien le rejoindre dans sa cabine, car il ne se sent pas assez bien pour faire toilette.

— La mer Rouge est toujours un peu caniculaire, observa M. Heldrick, et quand on n'en a pas l'habitude...

— Vous avez souvent fait la traversée ? interrogea la jeune fille...

— Je viens en Hollande régulièrement tous les dix-huit mois. Le séjour de Sumatra est quelque peu anémiant pour les Européens.

Hochant la tête vers la raquette, il ajouta avec enjouement :

— Vous voici prête à combattre ?...

— ... Et à triompher...

— À vos ordres, mademoiselle, répondit M. Heldrick, qui, arrêtant un boy au passage, le pria de descendre dans sa cabine chercher sa raquette et sa veste de jeu.

— Alors, je vous quitte, dit André Routier à la jeune fille ; je craindrais qu'à la longue votre père ne s'impatientât...

— Emmenez Fellow, dit-elle ; il nous gênerait pour jouer...

Accompagné du molosse, André Routier se dirigea vers l'escalier qui menait aux cabines de seconde classe.

C'était un grand garçon d'une trentaine d'années qu'une société financière avait envoyé prospecter en Indo-Chine.

Sorti premier de l'École Polytechnique, entré premier à l'école d'artillerie de Fontainebleau, une chute de cheval, au cours de manœuvres, l'avait contraint de renoncer à la Carrière et il avait dû se faire une position civile.

Mince, agile à tous les exercices du corps, ayant même sous le veston conservé la tournure militaire, en dépit d'une légère claudication, suite de son accident, il était séduisant et sympathique.

Aussi, plus d'une fois déjà, l'occasion s'était-elle offerte à lui d'un mariage avantageux, mais toujours il l'avait écartée, ayant sur certains points des idées très arrêtées avec lesquelles rien ni personne n'eût pu le faire transiger…

Fils d'un officier blessé en 70 et dont la famille, installée dans les provinces envahies, avait subi le contact de l'ennemi, André Routier avait été élevé dans la haine farouche du vainqueur et dans l'âpre espérance d'une revanche…

Aussi, il était bien décidé à ne lier sa vie qu'à une femme qu'il saurait on communion étroite de sentiments avec lui, voulant pouvoir compter entièrement sur elle, le jour où sonnerait l'heure si impatiemment attendue…

À bord, il fréquentait peu de monde : son caractère, naturellement réservé, se prêtait peu à ces relations de table d'hôte et de fumoir qui, seules, cependant, permettent de supporter avec résignation les lenteurs d'une longue traversée.

Un courant sympathique s'était pourtant établi presque tout de suite entre lui et M. Dubreuil, un passager que le hasard lui avait donné pour voisin de table.

L'un et l'autre passionnés pour le jeu d'échecs, ils avaient fait plus ample connaissance, en manœuvrant pendant des heures les tours et les cavaliers ; bien des idées s'étaient révélées à eux, communes, qui avaient cimenté plus étroitement leurs amicales relations…

Joignez à cela que Mlle Fridette Dubreuil, dont le caractère enjoué et l'esprit éveillé avaient séduit André, était comme lui fervente de tous les sports ; ils avaient l'un et l'autre des sujets d'entretien qui leur faisaient passer de longues heures sur le pont, étendus sur des rocking-chairs, tandis que le soleil tombait là-bas, aux confins de l'horizon, dans les flots incendiés de ces derniers rayons…

— Entrez, fit M. Dubreuil, dont la main avait saisi celle du visiteur pour l'attirer dans l'intérieur de la cabine…

Ayant refermé la porte et l'ayant masquée hermétiquement d'une des couvertures de la couchette…

— Ne vous étonnez pas, fit-il, asseyez-vous et écoutez-moi…

C'était un homme d'une soixantaine d'années, mais dont les épaules larges et la puissante carrure semblaient porter allègrement le poids des années ; son visage large respirait l'honnêteté et s'éclairait d'yeux bleus où luisait un regard franc dont l'éclair rappelait celui des yeux de sa fille...

— Dites-moi, fit-il à voix basse, quand il eut pris place sur le pied de sa couchette de façon à se trouver plus près du jeune homme, quand Fridette vous a prié de venir me rejoindre, vous étiez, seul ?...

Mais, sans laisser au jeune homme le temps de lui répondre, M. Dubreuil, se levant, se dirigea, marchant sur la pointe des pieds, vers la porte... qu'il ouvrit brusquement.

La tête passée dans l'entre-bâillement, il jeta de droite et de gauche dans le couloir un regard inquisiteur.

Après quoi, il referma soigneusement la porte, tira la tenture improvisée et revint prendre place sur le pied de son lit.

— On avait marché cependant, dit-il d'une voix inquiète.

Les regards d'André s'attachaient sur lui, avec une expression de surprise à laquelle se mêlait un peu d'inquiétude.

— Si vous saviez dans quel état d'angoisse perpétuelle je vis, confessa M. Dubreuil, vous comprendriez les précautions que je suis obligé de prendre... Oui, je sens depuis quelque temps rôder autour de moi un invisible ennemi... j'ai l'impression d'être étroitement épié, surveillé.

Au fur et à mesure que parlait son interlocuteur, André sentait croître en lui son impression première que la raison de M. Dubreuil chancelait.

— Ne jouons-nous pas ? interrogea le jeune homme pour tenter de détourner les idées de son interlocuteur...

De nouveau, M. Dubreuil se leva, mais, cette fois, ce fut pour s'en aller coller son oreille à la cloison qui séparait sa cabine de la voisine, murmurant :

— Il m'a semblé entendre marcher à côté... dans la cabine de M. Heldrick.

S'étant assis, il prit entre ses mains celles du jeune homme et tout de suite...

— Monsieur Routier, commença-t-il, vous avez dû constater, depuis que nous avons fait connaissance, quelle somme de sympathie vous avez su exciter en moi : sympathie instinctive et que rien tout d'abord ne justifiait... Mais vous êtes Français, vous avez appartenu à l'armée : double raison pour mériter ma confiance.

— Monsieur Dubreuil, murmura le jeune homme tout étonné, en même temps qu'ému d'un semblable préambule, croyez que je suis profondément touché...

— Laissez-moi poursuivre, et surtout parlez bas ; je vous le répète, un instinct me dit que je dois me méfier... On m'épie...

— Qui ?... et pourquoi ?...

— Qui ? Si je le savais, je ne serais pas si inquiet : c'est précisément parce que mes soupçons ne peuvent se porter sur personne que vous me voyez si troublé... Quant à la raison pour laquelle chacune de mes paroles, chacun de mes gestes sont surveillés... vous allez la connaître ; c'est pour m'ouvrir à vous que je vous ai prié de venir me trouver...

La gravité de ces paroles n'augmentait pas peu, on l'imagine, l'étonnement d'André Routier, dont les regards se fixaient avec incrédulité sur son interlocuteur...

— Je sais ce que je dis, affirma le vieillard ; voici des mois et des mois que la mort rôde autour de moi, embusquée sous les formes les plus diverses, sans qu'il m'ait encore été possible de lui arracher le masque sous lequel elle se dissimule... D'un moment à l'autre je puis être frappé ; eh bien ! il ne faut pas que ma mort assure le triomphe des ennemis de mon pays, qui sont en même temps les ennemis du vôtre...

Jusqu'à présent André avait cru que M. Dubreuil était Français... et voilà que...

— Je suis né à Martigny, dans le canton de Vaud, et le nom que je porte n'est pas le mien... En réalité, je m'appelle François Merlier... Mais j'ai changé de nom en même temps que je m'expatriais pour tenter de soustraire aux ennemis de mon pays le secret que je détiens.

« J'aime beaucoup la France, monsieur Routier ; j'ai pour elle la même affection, le même dévouement que j'aurais pour une seconde patrie... J'y ai vécu de longues années... J'ai fait mes études techniques à Lyon. Le peu que je sais, c'est à votre pays que je le dois, et c'est pourquoi je voudrais le sauver... en même temps que je sauverais ma propre patrie, du sort qui les attend toutes les deux.

M. Dubreuil se lova, s'en fut ouvrir une valise, que fermait une serrure compliquée, et en sortit une carte d'état-major qu'il étala sur la tablette, à la place du jeu d'échecs, repoussé d'une main nerveuse :

— Suivez-moi bien, dit-il en soulignant ses explications de son index promené avec assurance sur la carte ; car, vous autres, en France, vous paraissez ne rien voir, ne rien comprendre de ce qui se passe en Europe ! Et cependant, tous leurs écrivains militaires l'ont déclaré, et Bernhardi en tête, l'attaque contre la France devra être brusquée et emprunter le territoire de Belgique... où déjà leurs voies de pénétration sont tracées... Les voici... À moins que cette attaque ne se produise de ce côté.

Et son doigt, brusquement abaissé, venait se promener dans la région de Brigue, sur la frontière italienne, qu'il suivit pour retrouver le territoire autrichien.

— Les Suisses ne sont pas gens à se laisser envahir sans protester, riposta André.

— Et leurs fusils protesteraient ferme, je vous le jure, déclara François Merlier avec véhémence. Mais il est des procédés susceptibles d'annihiler une défense, quelque énergique soit-elle...

— D'ailleurs, vous parlez de la frontière italienne ! Rien ne prouve qu'en cas de conflit entre l'Allemagne et nous l'Italie prendrait partie contre nous...

— D'accord... et je veux croire le contraire : mais savez-vous qu'en Italie même le nombre d'aventuriers prêts à se jeter sur notre frontière au premier signal dépasse plusieurs milliers ?...

— Ce n'est pas avec une poignée d'aventuriers qu'on tente un coup pareil, protesta André...

— À moins que ne vienne à la rescousse une combinaison machiavélique, de la nature de celles que peuvent enfanter des cerveaux allemands...

Et, contraignant le jeune homme à se pencher sur la carte :

— Tenez, voyez-vous là... entre Kandersteg et Brigue, cette ligne qui se relie au tunnel du Simplon... dont le terminus est

Domodossola, en Italie ?... C'est celle du tunnel de Lötschberg. Eh bien ! il y a dix-neuf kilomètres de voies ferrées souterraines qui seraient pour les Suisses, en cas d'invasion, d'utilité première pour amener dans le Tessin les corps d'armée indispensables à la défense de leur territoire... Supposez le tunnel détruit et les Suisses contraints à emprunter des chemins muletiers, pour courir barrer le passage à l'envahisseur... Les Allemands, ou leurs alliés les Autrichiens, seront depuis longtemps à Lyon que nos forces commenceront à peine à arriver sur le terrain...

Cette conception d'une attaque allemande sur le flanc français par la région lyonnaise, était si nouvelle, si invraisemblable, que le jeune homme ne put réprimer un sourire d'incrédulité...

— Ne croyez pas à des combinaisons folles, nées dans un cerveau surexcité par le patriotisme !... Si je vous parle ainsi, c'est parce que je sais, parce que j'ai vu... parce que j'ai agi !... Vous entendez, j'ai agi !...

» Et c'est parce que j'ai agi... que je sens la mort rôder ainsi sans trêve autour de moi !... Car moi, je puis annihiler leurs plans ! Ils le savent, et le jour où j'aurai disparu, ce sera pour eux comme s'ils avaient gagné une bataille...

» Pendant près de dix ans, j'ai travaillé comme contremaître électricien à la construction du tunnel de Lötschberg, et c'est ainsi que j'ai été amené à découvrir les manœuvres de leurs agents... Longuement, patiemment, ils ont miné le tunnel en des points que je suis parvenu à repérer... Moi, alors, j'ai contreminé de mon côté, retournant contre eux leurs combinaisons, si bien qu'au jour où ils voudraient agir, c'est moi qui, les devançant, agirais... Et malgré tous leurs efforts, toutes leurs recherches, ils ne sont pas parvenus à découvrir le point sensible, celui où un doigt, appuyé sur un commutateur, suffira à ruiner les belles combinaisons du kaiser...

Sa bouche se tendit dans un rire silencieux :

— Si j'ai changé de nom, de nationalité ; si je me suis expatrié, c'est parce que je sentais rôder autour de moi des ennemis invisibles qui se sont juré de m'arracher mon secret...

— Si l'exil assurait votre secret, demanda André, pourquoi revenir ?...

— Parce que les temps sont proches, déclara le vieillard d'une voix prophétique. En cas de guerre, ma place de combat est là-bas, là où, d'un geste, je puis sauvegarder et la Suisse et la France d'une criminelle agression…

Se courbant vers son interlocuteur, au point que ses lèvres effleurèrent son oreille, il ajouta :

— Mais, s'il m'arrivait malheur, je ne veux pas que ce moyen de défense inespérée puisse manquer à ces deux pays que j'aime d'une égale affection !… Il faut qu'à mon défaut un autre que moi puisse déclencher la catastrophe de salut… Et cet autre, j'ai décidé que ce serait vous !

— Moi !

— Vous êtes actif, énergique, courageux !… Eh bien ! ce ne sera pas assez de toute votre activité, de toute votre énergie, de tout votre courage pour triompher de l'esprit malfaisant d'un Mornstein…

— Mornstein ? répéta interrogativement André…

— C'est le nom de l'agent allemand dont j'ai surpris les manœuvres et dont j'ai réussi à déjouer les pièges depuis si longtemps !

» C'est l'adversaire le plus audacieux, le plus redoutable qui soit… Entre lui et moi, c'est un duel à mort…

En ce moment, au dehors, une voix s'entendit :

— Père ! c'est l'édition du « Sans fil ».

— Nous reprendrons cette conversation, dit M. Dubreuil, car maintenant il faut que je vous donne les indications nécessaires pour retrouver l'endroit…

Puis un doigt sur les lèvres pour recommander le silence au jeune homme, il s'en fut enlever la couverture qui masquait la porte et tira le verrou…

Sur le seuil, Fridette apparut, rose et joyeuse, annonçant :

— Vous savez, père, M. Heldrick ! je l'ai battu… oh ! mais, là, battu à plates coutures…

Et tendant, avant de repartir un papier à André :

— Voici le « Sans fil » qui vient de paraître…

C'était la polycopie des nouvelles communiquées par la T. S. F. au transatlantique, ainsi qu'il était coutume de le faire, aussitôt que l'on était entré dans la zone de la plus proche station marconigraphique.

Soudain, le jeune homme sursauta :

— Lisez… fit-il en tendant le papier au vieillard.

Le T. S. F. disait ceci :

« Au *Lokal Anzeiger*, on télégraphie de Berne que le commandant Otto von Mornstein, le célèbre alpiniste auquel l'armée allemande est redevable du traité de manœuvres en montagne, vient de trouver la mort au cours d'une randonnée au Grosshorn, de sinistre réputation.

« Entraîné par une avalanche, l'intrépide ascensionniste, qui n'avait voulu être accompagné d'aucun guide, gît dans quelque crevasse où son corps sera retrouvé sans doute à la prochaine fonte des neiges…

« Cette nouvelle a fait naître de très vifs regrets dans les mondes militaire et scientifique de Berlin. »

En proie à une vive émotion, M. Dubreuil murmura :

— Enfin… je vais donc pouvoir vivre…

CHAPITRE II
Le 2 août 1914.

Le matin, au sortir du canal de Suez, on avait immergé le corps du pauvre M. Dubreuil et, à cette occasion, les passagers, en assistant à la triste cérémonie, avaient tenu à donner à l'orpheline une preuve de l'unanime sympathie qu'elle avait su inspirer…

Le père de Fridette avait succombé à une embolie, avait-il été déclaré par le médecin ; cette déclaration, faite sur l'ordre du commandant, avait l'avantage de ne pas jeter la panique parmi les passagers en leur révélant qu'un crime avait été commis à bord ; en même temps, elle permettait à l'enquête de se poursuivre dans des conditions de discrétion absolue…

Par qui et pour quelle raison M. Dubreuil avait-il été aasassiné ?…

Double question à laquelle il avait été impossible jusqu'à présent de répondre ; vainement, le commandant avait-il conféré dans sa cabine avec André Routier, dans l'espoir d'obtenir quelque renseignement susceptible de jeter un peu de clarté dans cette obscurité : le jeune homme n'avait pu que répéter ce qu'il savait…

La veille, surprise de ne pas voir son père descendre pour

le déjeuner, Fridette était allée frapper à la porte de la cabine de M. Dubreuil ; ne recevant aucune réponse, elle avait fait ouvrir la porte au moyen de la double clef du maître d'hôtel…

La cabine présentait l'aspect du plus grand désordre ; les valises ouvertes et leur contenu épars sur le plancher donnaient l'impression d'un cambriolage hâtif ; quant à M. Dubreuil, il avait été trouvé couvert de sang, râlant et prononçant des mots sans suite…

André Routier n'avait pu s'empêcher d'établir une corrélation étroite entre ce crime et la conversation qu'il avait eue, l'avant-veille, avec le vieillard au sujet du Lötschberg…

Évidemment, c'était quelque émissaire de Berlin qui avait agi… comme d'ailleurs semblait l'indiquer le nom prononcé par le patriote suisse au moment de mourir…

— Mornstein ! avait-il répété par deux fois.

Et André Routier ne pouvait se souvenir sans un réel chagrin de cette fin si rapide, ponctuée par les sanglots de Fridette éperdue et les sourds gémissements de Fellow, dressé des quatre pattes sur le lit et tendant vers son maître sa grosse face éplorée…

Détail curieux et qui avait vivement frappé Boulier ; c'était le nom de son chien que le moribond avait prononcé, quelques secondes avant le moment fatal… et il y avait dans cette voix, qui semblait déjà venir d'outre-tombe, un accent de volonté singulier qui résonnait encore à l'oreille du jeune homme.

Pourquoi Fellow avait-il à ce point fixé l'attention du vieux patriote avant de mourir ?…

M. Heldrirk avait été l'un des premiers à affirmer à Fridette la part, très grande, qu'il prenait au malheur qui la frappait et s'était spontanément mis à sa disposition pour lui faire escorte jusqu'au terme de son voyage…

— Sais-je seulement ce que je veux faire ?…

Et sur cette réponse désolée et évasive, ils s'étaient séparés lorsqu'un homme de service, s'approchant de M. Heldrick, l'informa que le commandant le priait de vouloir bien le rejoindre dans sa cabine…

— Cher monsieur, lui dit l'officier en lui désignant un siège, les circonstances me contraignent à vous mettre au courant de faits que j'avais décidé de tenir cachés jusqu'à nouvel ordre ; donc, donnez-moi votre parole d'honneur qu'une fois franchi le seuil de cette pièce vous aurez oublié ce que je vous aurai dit.

M. Heldrick étendit la main, disant d'une voix grave :

— Vous avez ma parole, commandant...

— Eh bien ! M. Dubreuil a été assassiné !

On imagine le haut-le-corps exécuté sur son siège par le passager.

— Assassiné ! répéta-t-il, la parole coupée par la stupeur, assassiné !... Mais comment cela s'est-il pu faire ?... Et puis qui ?... Dans quel but ?...

— Le vol, sans doute : quand nous sommes entrés dans sa cabine, nous avons trouvé tout en désordre... les valises ouvertes, bouleversées...

— Transportait-il donc de fortes sommes ?

— Il m'avait confié, comme le font la plupart des passagers, quelques valeurs pour être déposées dans le coffre-fort du bord ; pour le reste, j'ignore absolument...

Il y eut un silence entre les deux hommes ; puis le commandant expliqua :

— Je dois avoir recours à votre amabilité pour me permettre de poursuivre avec, toute la discrétion possible l'enquête à laquelle je me livre.

— De quoi s'agit-il ?

— De m'accompagner dans votre cabine...

M. Heldrick sursauta, tandis que ses yeux se fixaient sur le commandant, pleins de stupeur et d'indignation...

— Ne voyez dans ma demande, affirma l'officier, rien qui puisse vous offenser, cher monsieur ; mais cette visite s'impose en raison de la mitoyenneté de votre cabine avec celle de M. Dubreuil : n'ayant pu jusqu'à présent, en dépit de mes recherches, fixer de façon précise par quel chemin a passé l'assassin pour pénétrer chez la victime, j'ai besoin de me rendre compte de certains détails...

— Quoi d'invraisemblable à ce que le meurtrier soit passé tout bonnement par la porte, et qu'au cours d'une discussion violente, l'irréparable se soit accompli...

— Évidemment, acquiesça le commandant, cette thèse pourrait se soutenir, si la porte n'avait été intérieurement fermée à clef.

— Le tour de clé peut avoir été donné par M. Dubreuil, une fois le visiteur introduit.

— Possible, encore… mais qui donc l'eût donné après le départ du meurtrier ?…

— Alors, demanda M. Heldrick, que penser ?… Car si l'assassin n'a pu s'enfuir par la porte, je ne vois pas trop par quelle issue il aurait pu sortir.

— Et le sabord ?…

— Mais c'est pratiquement impossible !…

— Difficile, oui ; impossible, c'est une autre affaire, et c'est précisément, ce dont je veux me rendre compte en allant dans votre cabine…

— Vous supposez donc que le meurtrier l'aurait empruntée pour gagner celle de M. Dubreuil ?

— Je n'ai guère d'autre alternative ?…

— Mais pour pénétrer chez moi… Comment s'y fût-il pris ?… J'en ai toujours la clé sur moi…

— Vous oubliez que le garçon de service possède un double…

Une fois le seuil franchi, l'officier promena autour de lui un regard investigateur et, tout de suite, déclara avec un hochement de tête vers le hublot :

— Évidemment, c'est assez large pour que quelqu'un puisse passer… Ne trouvez-vous pas ?…

Ayant pressé sur le bouton d'appel, il ordonna au garçon qui se présenta :

— Va dire à l'officier de service de me faire venir de suite, ici, le quartier-maître Leguadec…

Et, le garçon une fois sorti, il expliqua :

— C'est un Breton qui a été autrefois moniteur de gymnastique à bord et dont l'adresse était proverbiale… S'il déclare le tour de force inexécutable, je m'inclinerai…

— Sinon ?…

— Sinon… Je saurai à quoi m'en tenir sur le chemin qu'aura pu prendre l'assassin et je poursuivrai mon enquête en conséquence…

En ce moment, on frappa à la porte et, sur l'invitation du

commandant, Yves Leguadec franchit le seuil de la cabine...

— Avance un peu et écoute bien, commença l'officier : il s'agit de prouver que tu es toujours le brillant moniteur dont les exercices de voltige faisaient se pâmer d'aise les petites bonnes de Recouvrance, quand nous tenions garnison à Brest...

Le matelot, à ce souvenir, devint tout rouge : il se contenta de répondre, la main au béret :

— Bien, commandant...

— Il s'agit, passant par ici, de pénétrer dans la cabine voisine, au moyen du hublot qui l'éclaire...

— Ma doué ! s'exclama le matelot...

— Regarde bien, réfléchis bien avant de répondre.

Le marin alla au sabord, passa la tête, examina soigneusement le dehors, puis, revenant dans l'intérieur de la cabine, en fouilla les coins et les recoins d'un coup d'œil investigateur.

En un tour de main, il eut défait la couchette et attaché l'un à l'autre les deux draps, ce qui constituait une corde de longueur assez respectable.

L'une des extrémités de cette corde improvisée fut attachée solidement par lui à l'un des pieds de la couchette, l'autre fut rejetée par l'encadrement du hublot.

Après quoi, enlevant sa veste, son tricot, ses chaussures, pour être plus agile, il se glissa au dehors.

Là, cramponné des deux mains à la corde, il réussit à marcher contre la coque même du bâtiment en s'arcboutant de toute la force de ses jarrets ; ainsi peut-il s'approcher insensiblement du hublot de la cabine voisine, suivi dans ce vertigineux exercice par le commandant qui le regardait, le buste engagé dans l'encadrement.

À plusieurs reprises, l'audacieux Leguadec se trouva rejeté dans le vide par un subit mouvement de roulis ; à la seule force de ses poignets, il dut de n'être pas précipité à la mer, et, sans l'élasticité de ses jarrets, il se fût brisé contre la coque du bâtiment...

Dans la cabine, M. Heldrick interrogeait le commandant, suivant par la pensée la progression du matelot.

À une exclamation soudainement arrachée à l'officier, il demanda :

— Tombé ?...

— Non pas… Il vient d'empoigner l'encadrement du sabord !… Il se hisse !… Là… Il y est !…

Et, s'adressant au matelot :

— Inutile d'entrer, cria-t-il, reviens…

Frappant sur l'épaule du passager, il ajouta :

— Maintenant, l'enquête va marcher rondement.

— Alors, pour vous, commandant ?…

— … l'assassin de M. Dubreuil a emprunté votre chambre pour gagner la sienne… l'expérience vient de le prouver surabondamment…

En ce moment, Leguadec se glissait par le hublot et, lestement, sautait sur le plancher de la cabine…

— Tu peux disposer…

Et, le quartier-maître étant sorti :

— Il ne me reste plus qu'à vous remercier de votre complaisance, fit le commandant en prenant congé, et à vous demander la discrétion la plus absolue…

Comme il mettait le pied hors de la cabine, un officier l'accosta avec une fébrilité étrange :

— Nos marconigrammes sont interceptés…

— C'est une plaisanterie… Interceptés !… par qui ?… À propos de quoi ?…

— Vous le saurez en m'accompagnant, répondit l'autre avec un laconisme étrange.

Et ils gagnèrent la cabine de l'opérateur.

Celui-ci, sans que le commandant eût besoin de l'interroger, lui tendit une feuille de papier, celle sur laquelle s'enregistraient les messages…

« Hier soir, à dix heures, l'Allemagne a déclaré la « guerre à…

— À… qui ?… interrogea le commandant d'une voix brève, étranglée d'émotion…

Le fatal papier à la main, il examinait alternativement l'officier et l'employé, comme s'il eût espéré découvrir sur leur visage l'explication de cette angoissante énigme…

— … La guerre !… À qui ? murmura-t-il…

— À nous, peut-être, s'exclama son interlocuteur d'une voix vibrante... Depuis quarante ans qu'on attend... ce ne serait pas trop tôt...

— Pourquoi nous ?... interrogea le commandant, nous n'avons rien à voir dans les affaires serbes...

— Eh ! s'ils veulent la guerre... le premier prétexte venu leur suffira...

— En tout cas, il faut veiller au grain...

S'adressant à l'opérateur :

— Vous, recommanda-t-il, ne cessez d'envoyer des messages... et, à la première alerte, avisez-moi...

Puis, à l'officier :

— Descendez aux machines et dites qu'on force les feux... Il ne s'agit pas de traîner en route...

CHAPITRE III
Torpillés.

La cloche du bord venait de piquer le quart de minuit.

Le vent était dur, la mer houleuse et une brume légère flottait à la surface des flots.

Au sortir de table, après le repas qu'il avait présidé avec son amabilité coutumière, le commandant avait regagné ca cabine ; il avait hâte d'être seul et de pouvoir se débarrasser de la contrainte à laquelle il avait dû, toute la journée, s'astreindre pour n'altérer en rien la confiance de ses passagers...

C'était bien assez déjà de cette malheureuse mort de M. Dubreuil sans venir compliquer les choses par la politique...

La sagesse ordonnait de ne rien mettre au pire et d'attendre en confiance...

Mais attendre ?... Le commandant ne faisait que cela depuis près de vingt-quatre heures !...

Encore maintenant, il rôdait à travers sa cabine, guettant, par-dessus le sifflement de la brise, le bruit d'un pas précipité dans le couloir, le pas du messager qui viendrait l'avertir que les ondes enfin avaient parlé... que...

Il s'arrêta soudain, figé par l'écho d'une marche rapide au milieu du silence de la nuit...

Avant que l'on eût frappé à sa porte, le commandant l'avait ouverte et, sur le seuil, se trouvait nez à nez avec le second officier.

— Eh bien ! ça y est ! mon commandant, dit celui-ci d'une voix que l'émotion étranglait... Ça y est !...

Il tendait à son supérieur la transcription d'un marconigramme arrivé quelques secondes plus tôt...

« Ministre marine française à tous commandants navires en mer : rallier par tous moyens rapides prochain port français en prenant toutes précautions d'usage contre torpillage. »

Cette lecture achevée, les yeux du commandant se fixèrent sur l'officier qui se tenait debout, immobile, devant lui.

Puis, spontanément, leurs mains se nouèrent, et leurs faces graves s'illuminèrent d'un sourire radieux.

Depuis si longtemps, ils attendaient cette heure...

— Faites fermer les sabords, ordonna enfin le commandant d'une voix calme...

Il ajouta :

— Je monte sur le pont...

Là-haut, la nuit était noire : il semblait que le ciel voulût favoriser la sécurité du bâtiment en masquant d'un écran épais la lumière même des étoiles...

La surface de la mer, sombre elle aussi, ne se devinait qu'à la mousse d'argent qui se formait sous la poussée de l'étrave...

Sur la passerelle, l'officier de quart adossé à la rambarde, scrutait l'horizon, tout en fumant paisiblement un cigare dont l'extrémité rougeoyante mettait dans la nuit un point pourpre.

— Je prends le quart moi-même, fit le commandant ; veillez à ce que les canots soient parés et à ce que les ceintures de sauvetage soient prêtes à être capelées... Une les garçons de service se lèvent pour éveiller les passages au premier signal.

Comme déjà l'officier avait descendu quelques marches, le commandant le rappela :

— Allez à la cabine du colonel, éveillez-le et priez-le de vouloir bien me rejoindre le plus tôt possible.

Boutonnant en hâte sa vareuse, le colonel, tout engourdi de sommeil, gravissait, titubant, les marches de la passerelle.

Après une poignée de main énergique, le commandant lui dit :

— La guerre est déclarée. Je reçois ordre de rallier au plus tôt le plus prochain port français et de prendre mes précautions contre une tentative possible de torpillage...

Le colonel, un vieux colonial, se frottait les mains en signe de satisfaction :

— Ah ! nom d'un chien... Ah ! nom d'un chien ! grommela-t-il, voilà assez longtemps qu'on cogne sur des Chinois ou sur des Marocains... On va pouvoir se payer un peu de Boches...

— Pour l'instant, colonel, il s'agit que les Boches ne se paient pas notre peau. Si, donc, je vous ai prié de venir me trouver, c'est pour que, prévenu, vous examiniez à l'avance ce qu'il convient de faire pour vos hommes... Il faut à tout prix éviter, en cas d'accident, un tumulte dont pourraient souffrir les manœuvres de sauvetage, et, par suite, se trouver compromise la sécurité de mes passagers...

— Le nécessaire va être fait immédiatement...

— Un quartier-maître se mettra à votre disposition et à celle de vos officiers pour toutes les questions de détail... Ceinture de sauvetage, canots, radeaux...

— Baste ! fit le colonel, nous serions dans le Nord qu'à la rigueur on pourrait craindre de ces gens-là quelque sale coup... Mais ici, en Méditerranée... il leur faut le temps voulu de venir...

En ce moment, du faux mât, une voix tomba, sinistre, au milieu de la nuit :

— Feu à l'avant... par tribord !...

Presque aussitôt, un mince faisceau de lumière creva l'ombre, balaya le ciel quelques secondes, puis subitement disparut !...

Les deux officiers s'étaient tus, muets, penchés sur la rambarde, fouillant l'horizon, comme s'ils eussent espéré, même avec leur lunette, découvrir quelque chose au milieu de tout ce noir dont ils étaient environnés...

— Que pensez-vous que ce soit ?

— Comment voulez-vous mettre un nom sur une lueur anonyme qui jaillit ainsi soudain dans la nuit ?...

Un nouveau feu, en ce moment, zébra le ciel, scrutant dans tous ses recoins, comme s'il eût été à la recherche de quelques bâtiment. Puis ce fut la nuit, la nuit opaque et sinistre avec ses embûches masquées sous les flots glauques que l'étrave fendait.

— L'ombre heureusement nous protège, murmura le colonel, et l'extinction rapide des feux rend notre repérage, sinon impossible, du moins difficile…

Comme il achevait ces mots, voilà qu'à l'avant du navire une lueur brilla, raya l'espace, perpendiculairement au pont du bâtiment, pour s'immobiliser à une cinquantaine de mètres de haut ; après quoi, elle s'épanouit tout à coup en forme de chandelle romaine… de couleur bleue et rouge…

Puis, plus rien… extinction subite… Et le noir… un noir plus intense et plus tragique…

Les deux hommes, le commandant et le colonel, penchés en avant à perdre l'équilibre, regardaient, sans prononcer une parole…

— Qu'est-ce que c'est que ça ?… gronda le premier.

— Un signal, fit le second… Vous avez un traitre à bord, commandant…

Celui-ci n'avait pas eu le loisir de répondre que du fond de l'horizon un faisceau lumineux jaillissait, trouant la nuit, pour venir balayer le bâtiment qui, durant quelques secondes, se profila inondé de clarté…

Écartant le colonel qui lui barrait la route, le commandant lança des ordres…

Le timonier donna un coup de barre si brusque qu'il sembla que le bâtiment virevoltait sur lui-même comme une gigantesque toupie… Le jeu des pistons, en même temps, s'accéléra, et le navire parut piquer une tête dans la nuit…

Sur le pont, d'abord, ce fut une course éperdue d'hommes armés, lancés dans la direction de l'avant : un officier, revolver au poing, était à leur tête…

Penché sur la rambarde, le commandant criait :

— Ne le laissez pas échapper !… il me faut cet homme !…

Puis, les équipes préposées à la manœuvre des chaloupes de sauvetage prenaient leur place, cependant que, guidés par le personnel du bâtiment, les passagers surgissaient sur le pont, se vêtant en hâte des habits qui leur était tombés sous la main...

Et le commandant, tête levée vers l'ombre, criait :

— Rien en vue, Leguadec ?...

— Rien, commandant...

Au-dessous de la passerelle s'entendaient les pas lourds et cadencés d'une troupe qui se rassemblait : c'était le bataillon de légionnaires qui, en ordre, prenaient place sur le pont, sac au dos, comme s'il se fût agi d'un simple rassemblement, avant de procéder à l'exercice quotidien.

En ce moment, une voix cria :

— Un homme à la mer... par bâbord...

— Tenez... là ! fit le colonel, le bras étendu vers une tache plus claire qui venait d'apparaître dans le creux d'une lame, non loin du bâtiment.

— C'est notre homme qui se sauve !...

À peine ces mots dits, plusieurs détonations éclatèrent et des lueurs zébrèrent l'obscurité...

Sans s'être donné le mot, l'officier et le colonel venaient de faire feu de leur revolver dans la direction de la tache signalée...

— Torpille bâbord ! avant !...

Le commandant, penché sur son appareil téléphonique, prononça :

— Machine arrière... toute...

Le bâtiment vibra dans son ossature, puis, obéissant à la manœuvre, recula.

Mais l'ordre avait était lancé trop tard...

Brusquement, un choc se produisit, terrible, et l'on eut l'impression que le bâtiment était atteint.

Puis une explosion eut lieu, soulevant une colonne d'eau dont le pont fut arrosé.

— Colonel, dit le commandant avec calme, à vos hommes...

Ensuite, avec une méthode admirable, il donna ses ordres, l'esprit présent à tout, le regard surveillant, au milieu de l'obscurité, l'exécution des mouvements prescrits...

Après avoir lancé l'appel par T. S. F., il avait espéré pouvoir, en forçant les feux, atteindre Malte par ses propres moyens...

Mais subitement, l'eau ayant envahi la chambre des machines, celles-ci avaient cessé de fonctionner et l'*Auvergne* n'avait plus été, à partir de ce moment, qu'une monstrueuse épave, abandonnée au caprice des vents et à l'agitation des flots...

Sur le pont, les passagers, avec l'aide des matelots, s'empilaient dans les embarcations qui, à force de rames, s'éloignaient par crainte que le navire, en coutant, ne les entraînât dans le gouffre liquide.

Par les soins d'André Routier, Mlle Dubreuil avait trouvé place dans le premier canot qui avait quitté le bord : Fellow n'avait pas abandonné sa maîtresse et s'était glissé à sa suite...

André, lui, avait refusé de l'accompagner, déclarant que sa place était à bord, tant qu'il y resterait une femme ou un enfant...

Cependant, le bâtiment continuait de flotter et un officier, que le commandant avait envoyé inspecter la cale, était remonté, déclarant que la voie d'eau pouvait aisément, avec quelques heures de travail, être aveuglée ; cette nouvelle, aussitôt transmise aux passagers et à l'équipage, avait ramené la confiance...

Néanmoins, par prudence, le commandant avait continué à faire procéder à l'embarquement...

Sur sa dunette, le cigare aux lèvres, il surveillait les mouvements du bord, d'un œil calme, comme s'il se fût agi d'une simple manœuvre...

— Un havane, proposa-t-il du haut de la dunette au colonel qui faisait les cent pas devant ses hommes ; ceux-ci, sac à terre, les fusils en faisceau, attendaient leur tour d'embarquement...

Lestement, le colonel gravit les degrés qui montaient à la passerelle.

Tandis qu'il choisissait un havane dans le porte-cigare que lui présentait le commandant, celui-ci lui dit tout bas, à l'oreille :

— Nous coulons... Tenez vos hommes en mains... À peine si j'aurai le temps d'évacuer les passagers... Il ne faut pas de tumulte...

— Compris...

Et, après cette laconique réponse, le colonel, serrant énergiquement la main du commandant, quitta la passerelle.

Presque aussitôt, dominant le vacarme des manœuvres, s'étendit la voix cuivrée du clairon sonnant le « Garde à vous ».

Comme dans la cour du quartier, les hommes, sac au dos, formèrent le carré...

Au centre, le drapeau, déployé, élevait ses couleurs que la brise faisait claquer au-dessus de sa garde, baïonnette au canon.

Soudain une explosion fit trembler le bâtiment jusque dans ses œuvres vives, les chaudières venaient d'éclater...

Le bâtiment commença alors d'enfoncer ; déjà les flots atteignaient le pont arrière...

Un frémissement, cependant, courait parmi les rangs des soldats : l'approche de la mort les hantait.

Le colonel eut l'instinct que ses hommes allaient lui échapper...

— Au drapeau ! commanda-t-il soudain...

Instinctivement, les coloniaux rectifièrent la position et portèrent les armes, tandis que les officiers, sabres au clair, s'immobilisaient comme à la parade...

Le colonel, lui, dans un geste plein de noblesse, éleva son arme et, lorsque la garde de cuivre atteignit la hauteur de sa bouche, il y colla ses lèvres dévotement, mettant dans cet héroïque baiser, comme en dernier adieu, tout ce que son âme contenait d'amour pour la patrie et d'affection pour les siens...

Et le navire continua de couler, tandis que les clairons envoyaient aux quatre vents leurs sonneries ; l'eau montait et maintenant atteignait leurs jarrets, qu'ils raidissaient dans ce dernier salut à la France...

— Mes enfants, cria tout à coup le commandant qui venait de voir le dernier radeau quitter le bord... Mes enfants, merci ! songez à vous... Adieu, colonel !...

Ce furent ses ultimes paroles !...

Dans une explosion dernière, le bâtiment s'ouvrit en deux et le drapeau sombra dans les flots, encadré de sa garde d'honneur...

CHAPITRE IV
Heures d'angoisse.

Un hasard avait mis à portée de la main d'André Routier, lorsqu'il avait sauté à l'eau, une épave à laquelle il s'était accroché.

Les canots, chargés à couler, s'éloignaient à force de rames, ne voulant rien entendre de ses appels...

Comme il avait conservé tout son sang-froid, il ne se fit pas longtemps illusion et se résigna à son sort...

Au surplus, il était impossible que les appels lancés par la T. S. F. n'eussent pas été entendus... Bientôt, des bâtiments accouraient au secours des naufragés...

L'essentiel, pour lui, était de se maintenir à la surface assez longtemps pour que ces navires sauveteurs arrivassent...

L'épave à laquelle instinctivement il s'était accroché était une énorme planche arrachée par l'explosion au bastingage : d'une surface de deux mètres carrés, elle offrait une stabilité suffisante pour que, une fois hissé dessus, il y pût demeurer en équilibre.

Un courant l'entraînait vers l'Ouest, au milieu de l'obscurité redoutable qui enveloppait la mer comme d'un suaire de deuil...

Au ciel, pas une étoile ; autour de lui, le silence sinistre d'une nuit calme où les flots semblaient dormir...

À plusieurs reprises, les mains réunies en forme de conque autour des lèvres, il lança un appel désespéré...

Nulle voix ne lui répondit et bientôt, cédant à la fatigue, il s'endormit...

Combien de temps demeura-t-il ainsi ?

La chaleur d'un soleil brûlant le fit revenir à lui.

Autour de lui, les épaves flottaient : à quelque distance, un point noir se mouvait avec lenteur.

Un canot, un radeau... peut-être.

Tout espoir de salut n'était pas perdu...

Réunissant ses forces, il réussit à se dresser debout et, arrachant sa veste, l'agita à bout de bras, tandis que, de toute l'énergie de ses poumons, il envoyait à ses compagnons d'infortune un appel désespéré...

Ses cris sans doute ne parvinrent pas jusque-là, non plus que ses gestes ne furent aperçus...

Une voile fut hissée et le vent entraîna l'embarcation dans la direction opposée.

Alors, désespéré, André Routier se laissa retomber sur son épave et de nouveau s'endormit...

Des heures passèrent, puis il s'éveilla encore...

Le soleil s'abaissait, tout rouge, à l'horizon, et voilà que, soudain, le vent s'éleva, poussant devant lui les flots gonflés, semblables à une troupe immense de monstres marins.

Et, comme si une main invisible eût tiré un rideau devant la lumière du soleil, la nuit se fit, intense, opaque, insondable, pendant que le tonnerre, tout à coup déchaîné, roulait terriblement dans les profondeurs de l'espace...

Cramponné à son épave, le naufragé se donnait l'impression d'un volant qu'une raquette géante eût été vers le ciel, pour le plonger dans le creux des abîmes et le faire remonter ensuite à la crête des vagues...

À toute seconde, le malheureux s'attendait à se voir plongé dans le gouffre où il retrouverait les victimes du sous-marin ennemi...

Tout à coup, il eut comme une hallucination : à la lueur blafarde d'un éclair ne lui avait-il pas semblé apercevoir, à trois ou quatre encâblures à peine, une tache sombre, sur laquelle des formes plus claires s'agitaient...

Et ces formes claires avaient quelque ressemblance avec des silhouettes humaines...

Ohé !... fit-il, du bateau !...

Pendant longtemps, il s'époumonna ainsi, mais le heurt formidables des vagues, le grondement du tonnerre couvraient sa voix...

Le même courant qui les avait emportés loin du lieu du sinistre les y avait ramenés ; et maintenant, son épave et le radeau qu'il apercevait flottaient à l'aventure, obéissant aux mêmes caprices de la mer...

S'il eût fait jour, on l'eût aperçu et peut-être alors le sauvetage eût-il pu s'opérer...

Mais au milieu de cette nuit noire comme de la poix, qu'avait-il le droit d'attendre ?...

Avait-il même l'espoir de voir se lever l'aurore ?...

Anéanti de fatigue et de faim, à peine pouvait-il encore se cramponner à l'épave qui le portait...

Avant peu, ses doigts, brisés, engourdis, lâcheraient prise, et la première vague un peu forte l'emporterait.

Après tout, Ce serait la fin de son agonie…

Il en était arrivé à souhaiter une mort prompte…

Par moments une gracieuse silhouette de femme se dressait devant lui, celle de Mlle Dubreuil, et il songeait avec regret qu'elle eût été une jolie compagne pour sa vie…

Ensuite, il réfléchissait aux confidences de M. Dubreuil, confidences auxquelles sa mort tragique donnait une acuité mystérieuse, vraiment sensationnelle… Et il se disait que, si les circonstances lui eussent permis de vivre, il eût eu certainement un rôle à remplir.

Dépositaire du secret du vieux patriote suisse, il eût put tenter de se substituer à lui dans la mission qu'il s'était assignée…

La France, en cette affaire, était aussi bien en jeu que la Suisse, et ce que la mort avait empêché le vaillant Dubreuil, de faire il lui eût appartenu, à lui, Routier, de le faire.

Tout cela dansait dans la tête du pauvre garçon, dont les idées s'agitaient confuses et douloureuses, ainsi que dans un cauchemar dernier…

Peu à peu, là-bas, aux confins de l'horizon, une ligne blafarde apparut, reflet premier de l'aurore lugubre qui déjà se préparait à surgir des flots apaisés…

Puis un rayon de soleil enflamma l'espace…

C'était le jour !… enfin !…

Cette vue galvanisa l'énergie abattue d'André Routier : il réussit à se dresser sur ses genoux et, alors, il aperçut non loin l'épave qu'il avait confusément distinguée au milieu de la nuit…

C'était bien un canot surchargé de naufragés.

Quelques-uns tenaient des avirons dont ils paraissaient jouer péniblement, tandis que les autres, immobiles, prostrés, semblaient déjà en agonie…

— Ohé !… Oh !… du canot ! cria-t-il d'une voix dans laquelle il mit toutes ses forces…

On sembla ne pas l'entendre…

Alors, désespéré de sentir le salut si près de lui et de le voir lui échapper, il fit un effort et se mit debout sur l'étroite épave qui le portait...

En agitant les bras pour attirer sur lui l'attention, il fit un mouvement trop brusque, perdit l'équilibre et tomba à l'eau...

La sensation du froid lui fut comme un réactif : d'un vigoureux coup de pied, il remonta à la surface et se mit à nager dans la direction du canot... Mais il s'épuisait rapidement et sentait venir le moment où il allait couler à pic...

Désespérément alors, il cria...

Une vague, en ce même moment, le submergea et sa gorge s'emplit d'eau.

Alors, tout chavira en lui : brusquement, il eut la sensation d'être happé énergiquement par ses vêtements et d'être maintenu à la surface par une poigne vigoureuse...

Mais il était si las qu'il avait une peine infinie à soulever ses paupières qui lui semblaient de plomb...

Il entendit pourtant une voix qui criait :

— Fellow !... ici !... Fellow !... amène !... amène !...

Il crut être la proie d'un cauchemar.

Fellow ?... On appelait Fellow !...

Et cette voix qui appelait !... mais c'était la sienne...

Une énergie nouvelle lui fit ouvrir les yeux...

Et alors, il s'étonna ! Ce qu'il avait pris pour une poigne humaine, c'était une mâchoire formidable d'animal.

Et cet animal, il le reconnaissait : c'était Fellow !...

La brave bête, quoique alourdie par ce fardeau, nageait vigoureusement, encouragée par les appels ininterrompus qui partaient d'une embarcation, à quelque cent mètres de là...

Debout dans cette embarcation, une femme encourageait du geste la bête. Cette femme, c'était Fridette.

Cette vue galvanisa ce qui restait d'énergie dans les muscles du jeune homme : sentant que le chien commençait à s'épuiser, il s'efforça de nager.

De leur côté, ceux qui montaient l'embarcation s'ingéniaient, avec les moyens de fortune dont ils disposaient, à se diriger vers lui...

À bout de forces, le malheureux put enfin accoster, et quelques-uns de ceux que trente-six heures de souffrances et de privations n'avaient pas trop affaiblis unirent leurs efforts pour le hisser à bord...

Là, par exemple, il s'évanouit...

Quand il revint à lui, la journée entière s'était écoulée et le crépuscule commençait à tomber...

Assise à côté de lui, un peu à l'écart des autres naufragés, Mlle Dubreuil guettait son réveil avec une angoisse que chaque seconde écoulée accroissait...

La situation empirait d'heure en heure, au fur et à mesure que ses compagnons d'infortune désespéraient davantage de tout secours...

Le peu de provisions que, dans l'affolement premier, on avait jetées dans le canot était épuisé déjà... L'eau manquait et, pour comble d'infortune, plusieurs de ceux qui se trouvaient là, frappés de folie, menaçaient les autres...

Déjà, quelques-uns s'étaient jetés à la mer...

En outre, l'embarcation, fort éprouvée par la tempête qu'elle avait dû essuyer au cours de la nuit précédente, commençait à faire eau, et, si parmi les naufragés, il ne s'en était trouvé, plus conscients du danger, pour avoir le courage d'écoper sans arrêts, depuis longtemps l'embarcation et ceux qui la montaient fussent allés par le fond...

Il apparaissait donc à ceux qui avaient conservé en eux le plus âpre désir de vivre que l'alégement de l'embarcation s'imposait, par n'importe quel moyen...

Tout bas, Fridette murmura à l'oreille de Routier :

— J'ai peur que ces gens là ne profitent de la nuit pour jeter par-dessus bord tous ceux qui n'auront pas la force de se défendre...

Le jeune homme, fouetté par ces paroles, lui déclara tout bas :

— N'ayez crainte, ceux qui approcheront de vous auront affaire à moi...

— Oh ! répondit-elle avec crânerie, ce n'est pas à moi que je pense : j'ai Fellow et ils n'oseraient me toucher... Mais vous êtes si faible...

André se redressa :

— Qu'ils y viennent ! gronda-t-il en serrant les poings... ils verront...

— Si vous saviez comme j'ai eu de la peine à les faire stopper quand j'ai aperçu vos signes de détresse. Aucun ne voulait s'arrêter, prétendant qu'un passager de plus pourrait faire chavirer l'embarcation...

Les mains d'André cherchèrent celles de la jeune fille et les pressèrent avec effusion...

— C'est à vous que je dois la vie, murmura-t-il.

— Ne m'aviez-vous pas sauvée, vous le premier, quand le bâtiment a coulé ?... Si vous ne m'aviez portée dans ce canot, où serais-je en ce moment ?...

La nuit s'était faite complètement, une nuit sans lune et sans étoiles : on avait l'impression de naviguer sur des flots d'encre...

Épuisée, Fridette s'était allongée sur le fond même de l'embarcation, la tête appuyée sur les genoux d'André, un peu à l'écart des autres naufragés...

Fellow, assis sur son train de derrière, faisait, de sa masse imposante, un rempart à sa maîtresse, rempart impressionnant par la double rangée de crocs que découvrait par moments sa lèvre grondante.

André, lui, l'œil au guet, surveillait les ombres qui s'agitaient à l'avant, menaçantes et hurlantes...

Les heures s'écoulaient lentes, angoissantes, désespérantes, rapprochant le dénouement fatal.

Soudain, dressé comme par le déclenchement d'un ressort, André cria :

— Navire !... Navire !...

Tous ceux qui en avaient conservé la force furent aussitôt debout, écarquillant les yeux, s'efforçant à percer l'écran qui barrait à quelques mètres l'horizon...

Ne voyant rien, ils s'emportèrent, clamant :

— C'est un fou !... À l'eau !... À l'eau !...

Mais, le bras étendu, André répéta avec plus d'énergie encore :

— Navire !... À bâbord !... Navire !...

Et il se mit à crier de toutes ses forces :

— Oh !... du bateau ! Oh !...

Les naufragés, affolés de colère, firent mine de se ruer sur lui... Alors, Fridette, d'un bond, se plaça devant lui, faisant au jeune homme un bouclier de son corps, en même temps qu'elle commandait :

— À moi !... Fellow !...

Le molosse vint se camper aux pieds de sa maîtresse et, immobile, les crocs prêts, fit face aux assaillants...

Cette vue coupa leur clan, et ils se contentèrent de gronder :

— À l'eau !... le fou !...

Mais André, sans se laisser intimider, criait, les mains autour de la bouche en forme de porte-voix :

— Oh !... du navire !... oh !... du navire !...

Fridette alors se joignit au jeune homme, et bientôt, entraînés par l'exemple, soutenus par l'espoir insensé d'un sauvetage miraculeux, tous, oubliant leurs menaces, se mirent, eux aussi, à hurler à l'unisson :

— Oh ! du navire !... Oh !...

Mais, au bout de quelque temps, épuisés, découragés, ils se turent.

— Allons... camarades, supplia André, allons, du courage, et tous ensemble !...

Recommençant à crier, pour leur donner l'exemple :

— Oh !... du navire !... Oh !...

Rien !... toujours rien !...

— Ah ! gronda-t-il, se prenant la tête à deux mains dans un geste de désespoir, je ne suis pas fou, cependant !... j'entends !... j'entends !...

Il fouillait de ses regards la nuit épaisse, cherchant à repérer ce bruit qui frappait ses oreilles, ce bruit qui lui montrait le salut à leur portée, et qui menaçait peut-être de passer près d'eux...

Soudain, au milieu de l'ombre, ce fut comme si un œil gigantesque eût lui !...

Le canot se trouva enveloppé de clarté. Puis tout redevint sombre, plus sombre même qu'auparavant...

— Il nous a vus ! hurla André, pour redonner confiance à ses compagnons. Il nous a vus... !

Et, de toutes les forces de ses poumons, il se mit à crier une fois encore :

— Oh !... du navire !... Oh !...

Les autres, en proie à une surexcitation folle, se joignirent à lui :

— Oh !... du navire !... Oh !...

Et, tout à coup, d'un geste brusque du bras, André leur imposa silence.

— Ils viennent, déclara-t-il, d'une voix que l'angoisse étranglait, ils viennent !... Écoutez !... entendez-vous le bruit des avirons qui battent l'eau !... C'est un canot qu'on envoie à notre recherche !... Crions... les amis !... Crions pour les guider !...

Et, à perte d'haleine, il recommença à lancer dans la nuit cet appel éperdu, toujours le même, semblable a un refrain désespéré :

— Oh !... du canot !... oh !...

Et alors, voilà que soudainement, de la nuit opaque, arrivèrent ces mots, clamés en italien :

— Courage !... nous voilà !...

Un moment, à bord de l'embarcation, ce fut un silence plein de stupeur...

Cette voix, bruissant ainsi aux oreilles de ces malheureux, voués, semblait-il, à la mort, leur parut comme une providentielle bouée de sauvetage prête à les arracher aux flots...

Sans dire un mot, ils tombèrent aux bras les uns des autres, sanglotant comme des enfants...

Seuls, André Routier et Mlle Dubreuil, séparés par un inexplicable sentiment de gêne, se contentèrent de s'étreindre les mains...

Fellow, lui, comme s'il eût eu l'instinct du salut qui s'annonçait, poussa un aboi joyeux ; puis, avant que la jeune fille eût pu pressentir ce que se proposait l'animal, il sauta par-dessus bord, nageant à toutes pattes au milieu de l'eau noire.

— Va !... va !... cria la jeune fille ; appuyée des deux mains sur la lisse de l'embarcation, elle se penchait à perdre équilibre pour s'efforcer de suivre à travers la nuit la silhouette du brave animal...

Mais, au bout de quelques brasses, celui-ci avait disparu... Seuls, s'entendaient, par-dessus le bruit des vagues, les jappements d'appel qu'il poussait.

Guidés par sa voix, les sauveteurs finirent par trouver le bon chemin, et bientôt émergea de la nuit une grande barque montée par une demi-douzaine de marins peinant sur leurs avirons...

À la vue du chien qui nageait vers eux, ils poussèrent une exclamation de soulagement : depuis des heures et des heures, ils erraient à l'aventure dans la nuit, à la recherche des rescapés.

Mais en vain appelèrent-ils l'animal, celui-ci refusa de monter à bord, ayant conscience du rôle qu'il avait à jouer : pivotant sur lui-même, il se remit à nager dans la direction des naufragés, entraînant le canot à sa suite...

Moins d'un quart d'heure plus tard, André, Mlle Dubreuil et leurs compagnons embarquaient à bord de la *Savoia*, torpilleur de la marine italienne ; un des premiers touchés par le marconigramme de l'*Auvergne*, il était arrivé depuis plusieurs heures sur le lieu du crime et s'employait à sauver les victimes de la kultur allemande.

CHAPITRE V
Le mort serait vivant !...

Le chalet des époux Bienthall, oncle et tante de Fridette Merlier, se trouvait construit sur le chemin muletier qui conduit au Reischorn, à environ cinq cents mètres au-dessus d'Eischenensee.

Eischenensee ! C'est le but obligatoire de tous ceux qui passent dans la vallée de Kandersteg ; et le petit chalet, qui mire dans les eaux transparentes du lac son fronton de bois découpé, voit s'asseoir à sa terrasse chaque saison des milliers et des milliers de consommateurs...

De là, partent les différents chemins qui conduisent aux sommets neigeux dont les cimes crèvent le ciel, tout autour du lac...

On peut même d'Eischenensee gagner, par le chemin des écoliers, la fameuse Jungfrau, dont les hauteurs immaculées se profilent à l'horizon, par delà le lac de Thoune...

La Weisse Frau, la seconde étape des voyageurs à destination du Reischorn, ne se marquait à l'attention de ceux-ci que par un chalet d'assez grandes dimensions où se restauraient les excursionnistes et où, même, pouvaient passer la nuit ceux d'entre eux qui désiraient réparer leurs forces avant de tenter la dernière étape, plus dure naturellement que celles qui les avaient amenés depuis la vallée…

C'était la demeure de M. et Mme Bienthall.

Fridette avait vécu avec ses vieux parents durant une grande partie de son enfance et de sa jeunesse : ayant perdu sa mère, alors qu'elle avait à peine cinq ans, sa tante maternelle avait offert à François Merlier de se charger de l'enfant, le veuf ayant peu de loisirs à lui consacrer.

Aussi avait-il accepté avec joie l'offre de sa belle-sœur, et celle-ci avait pour ainsi dire servi de mère à la fillette jusqu'à l'âge de quinze ans. C'est vers cette époque que Merlier, attaché, au tunnel du Lötschberg, dont la construction commençait, était venu habiter Kandersteg, point central qui lui permettait de rayonner aisément sur toute la ligne. Alors, il avait repris sa fille avec lui…

Ce départ de la jeune fille avait, on le devine, creusé en grand vide dans l'existence des deux vieux, dont le cœur s'était brisé au brusque départ de Merlier, un an auparavant, départ entouré de circonstances mystérieuses. L'ingénieur n'avait même pas pris le temps de monter à la Weisse Frau pour faire ses adieux aux Bienthall ; il les avait prévenus par un coup de téléphone, sans même leur dire ni la raison de ce départ soudain, ni la destination de ce voyage inattendu…

Depuis lors, à la Weisse Frau, on n'avait reçu aucune nouvelle des voyageurs étaient-ils morts ?… vivaient-ils encore ?…

L'anxiété des deux vieux, déjà grande, s'était accrue davantage encore lorsque la guerre subitement s'était déchaînée sur l'Europe.

Où était Fridette ?… En quelle partie du monde vivait-elle ? Était-elle au moins à l'abri de l'affreux cataclysme qui menaçait d'atteindre la Suisse elle-même, en dépit de sa neutralité ?…

Aussi, quelle stupeur joyeuse, lorsqu'un soir deux voyageurs étaient venus frapper à leur porte !

Fridette !… mais combien changée !…

Pauvre petite ! La mort mystérieuse de son père et les événements dramatiques auxquels elle avait été mêlée n'avaient pas peu contribué à creuser ses joues et à cercler d'un cerne douloureux ses grands yeux rêveurs ; ses lèvres, si rieuses jadis, avaient maintenant un pli de douleur et de préoccupation, et ses prunelles si lumineuses semblaient perpétuellement embrumées de larmes difficilement contenues…

Après les premiers embrassements, la jeune fille, se tournant vers son compagnon, l'avait présenté :

— M. André Routier, un ami de mon pauvre papa, et notre compagnon de voyage depuis l'Indo-Chine… Vous pouvez lui serrer la main, car sans lui, sans doute, serais-je, avec beaucoup d'autres, au fond de l'eau…

Dans un élan de reconnaissance affectueuse, les mains des deux vieillards avaient saisi celles du jeune homme et les étreignirent avec effusion.

— Mademoiselle, avait rectifié André vivement, néglige de vous dire que sans elle, moi aussi, j'aurais eu le sort de mes compagnons d'infortune…

— Sans Fellow, voulez-vous dire, avait répliqué la jeune fille avec enjouement.

Ces rapides explications fournies, il avait fallu que Fridette mit ses parents au courant des dramatiques aventures qui avaient coûté la vie à son père et dont elle-même avait failli être victime.

André avait tenu à accompagner la jeune fille et à la remettre aux mains de ceux qui constituaient sa seule famille ; mais Fridette n'avait pas admis qu'il repartit ainsi de suite, sans leur faire à tous le plaisir de séjourner, ne fût-ce que quelques jours, à la Weisse Frau. Elle avait fait valoir, comme argument, que la santé du jeune homme avait été fort ébranlée par son long séjour dans l'eau à la suite du torpillage de l'*Auvergne*.

Où lui serait-il possible de le trouver mieux qu'à la Weisse Frau ce repos de calme et de silence ?…

Ainsi s'était installé, depuis près de quinze jours, André Routier, au chalet des Bienthall et, en ces quinze jours, ses forces étaient revenues suffisamment pour qu'il eût commencé à circuler par la montagne, attiré invinciblement vers ces sommets dont le pauvre François Merlier avait prononcé les noms avant de mourir…

Comme on le pense bien, aucun détail de cette affreuse agonie n'était oublié de lui, et bien souvent, soit la nuit pendant ses insomnies, soit au cours de ses solitaires promenades, il cherchait le sens des noms si mystérieusement jetés par le vieillard au milieu des affres de sa mort tragique.

Assurément, ces noms, dans l'esprit du patriote suisse, se liaient intimement aux dramatiques confidences qu'il lui avait faites touchant le Lötschberg et constituaient des points de repère destinés à lui permettre de découvrir la clé du mystérieux travail destiné par lui à miner le plan machiavélique de l'abominable Mornstein, dont la hantise l'avait poursuivi jusqu'au seuil de la mort !...

Sans en rien dire à personne, André avait remonté de Kandersteg toute une collection de cartes, de plans, de brochures relatifs au tunnel ; il était allé à Brigue et avait poussé jusqu'à Berne pour y acheter tous les documents susceptibles de l'éclairer sur la genèse de ces fameux travaux ; et il en avait suivi mètre par mètre la marche, de façon à tâcher de surprendre le secret que le moribond n'avait pas eu le temps de lui livrer...

Tous ses efforts avaient été vains : après plusieurs jours d'efforts, il continuait à demeurer entouré d'ombre et de mystère...

Seul, un changement s'était opéré en lui : la sympathie, que, tout de suite mis en rapport avec Fridette, il avait sentie en lui pour la jeune fille, s'était muée peu à peu en un sentiment sur la nature duquel il lui était impossible de s'illusionner...

Il aimait Mlle Merlier...

Chez tout autre, moins probe et moins droit, c'eût été une raison pour prolonger son séjour.

Lui, au contraire, décida son départ brusquement.

D'ailleurs, en France, les événements se précipitaient et, bien que réformé, il se sentait le devoir d'aller se mettre quand même à la dispositon du recrutement.

Qui sait ? Peut-être pourrait-on utiliser son concours dans un quelconque des nombreux services auxiliaires.

Ah ! s'il eût eu la moindre espoir qu'en prolongeant son séjour il pût arriver à ses fins, André eût estimé de son devoir de demeurer à la Weisse Frau pour tenter d'arracher à la montagne un secret duquel pouvait dépendre le sort de son pays...

Mais il était découragé de ce côté, et, déjà, il avait fait ses adieux à la famille Bienthall.

Son départ devait avoir lieu dans deux jours...

Comme, à la fin d'une après-midi radieuse, il remontait d'Eischenensee, dont il avait voulu, une fois encore, admirer le féerique panorama, en compagnie de Mlle Merlier, il se mit à tousser...

— Vous avez pris froid à demeurer si longtemps devant le lac, observa-t-elle d'une voix de gronderie affectueuse...

Et elle lui tendit un foulard de soie dont s'ornait son col de dentelle

— Mettez cela autour de votre cou, enjoignit-elle doucement... cela vous protégera un peu ; la montagne est froide...

— Les wagons aussi sont froids, avait-il dit en s'efforçant de sourire, car il était fort triste...

Alors, gentiment, en rougissant un peu :

— Vous le garderez, avait-elle dit... et je serai trop heureuse de songer que, peut-être, il vous préservera d'un de ces vilains rhumes qui vous rendent si malade...

— Vous êtes gentille ! s'exclama-t-il en lui prenant la main dans un mouvement irréfléchi.

Elle laissa sa main dans celle du jeune homme durant quelques secondes, puis, comme si elle se fût aperçue de son inconséquence, elle s'exclama, le bras tendu vers le chalet, soudainement aperçu au détour du sentier :

— Tiens ! l'oncle Bienthall a une visite !...

Un mulet stationnait en effet devant la porte de la demeure, avec sur son bât des valises, des couvertures, l'attirail accoutumé des excursionnistes...

— Sans doute quelqu'un qui monte au Reischorn, insinua André.

En ce moment, tante Bienthall apparut sur les degrés de bois du perron et, les apercevant, fit des gestes avec ses bras, criant :

— Dépêche, Fridette... Il y a ici un ami à toi !...

— Un ami !... Quel ami ?...

Hâtant le pas, ils virent venir à eux, les mains tendues, balbutiant d'une voix pleine d'émotion, M. Heldrick.

— Ah ! ma chère demoiselle !... mon cher monsieur !...

Après une étreinte prolongée, tous rentrèrent dans la grande salle où, auprès d'un bon feu, on s'expliqua...

— Si vous saviez, mademoiselle, commença-t-i par dire à la jeune fille, quelle joie ça a été pour moi, lorsqu'à Florence, j'ai lu dans les journaux la liste des heureux rescapés du naufrage de l'*Auvergne* et que j'y ai vu votre nom !... C'est vrai, pendant les longues semaines de notre traversée, j'avais conçu pour vous et pour votre pauvre père une affection véritable... Et vous aussi, monsieur Routier, je suis bien heureux... croyez-moi, bien heureux, de vous serrer la main.

Quant à lui, cramponné pendant des heures à un débris du bordage auquel ses mains s'étaient accrochées instinctivement, il allait couler, épuisé et grelottant, lorsqu'il avait enfin été recueilli par un chalutier italien...

— Passant à Berne, où mes affaires m'appelaient, poursuivit-il, j'ai appris à l'hôtel que je ne me trouvais pas loin de la Weisse Frau... Je n'ai pu résister au plaisir de venir vous présenter mes hommages...

— Voilà qui est tout à fait gentil, s'exclama le père Bienthall, et nous vous sommes très reconnaissants, mon cher monsieur, ma femme et moi, de l'amitié que vous voulez bien porter à notre nièce...

— Aussi, poursuivit la tante Bienthall, vous nous ferez le plaisir et l'honneur de demeurer parmi nous quelques jours...

— Mais vous n'y pensez pas, mes bons amis !... se récria M. Heidrick... J'ai mes affaires et des rendez-vous m'appellent à Lucerne...

Néanmoins, cédant à d'aussi aimables instances, le Hollandais consentit à demeurer et, faisant décharger ses bagages, il renvoya à Kandersteg, où il les avait loués, guide et mulet...

Une chambre était vacante au rez-de-chaussée, à côté de celle des époux Bienthall on l'y installa aussi confortablement que possible...

André, cédant à un mouvement premier de courtoisie, fut sur le point de lui dire que, s'il préférait une chambre au premier, la sienne serait libre le surlendemain... puisqu'il partait...

Un instinct singulier lui ferma la bouche sur son départ, qui, maintenant, ne lui semblait plus aussi imminent que quelques instants auparavant...

En quoi la présence du Hollandais au chalet de la Weisse Frau était-elle de nature à modifier ces intentions premières ?...

Une fois retiré dans sa chambre, accoudé à sa fenêtre, il demeura longtemps, les regards fixés sur le Blumlisalp dont la cime neigeuse étincelait sous la clarté lunaire, spectacle sublime que nombre de fois il s'était pris à admirer durant des heures...

Mais, ce soir-là, la beauté féerique du décor n'était pour rien dans sa contemplation : c'était en dedans de lui-même qu'il regardait, et c'était avec effroi qu'il croyait constater dans son âme les germes d'un sentiment inconnu jusqu'alors de lui...

Il n'en pouvait douter, c'était l'arrivée inopinée de M. Heldrick qui le faisait hésiter maintenant à quitter la Weisse Frau... Et pourquoi ce brusque revirement ?...

Hélas ! parce qu'il se rappelait avec une précision singulière de quelles attentions, à bord de l'*Auvergne*, Mlle Merlier avait été l'objet de la part de leur compagnon de voyage...

Déjà, à cette époque, les allures et le langage du Hollandais avaient le don de l'énerver quelque peu... sans qu'il pût se rendre compte du pourquoi...

Mais maintenant... maintenant... il comprenait que c'était la jalousie qui le mordait de ses dents acérées...

Oui !... la jalousie !... André était jaloux de l'étranger qui osait témoigner à cette jeune fille un sentiment que lui-même, éprouvait pour elle, et il attendrait pour quitter la Weisse Frau que M. Heldrick l'eût quittée lui-même...

Et c'est ainsi que, les jours s'ajoutant aux jours, chacun des deux mettant sur le compte de la beauté et du charme du paysage la répugnance qu'il éprouvait à boucler sa valise, le chalet des époux Bienthall avait conservé ses hôtes bien au delà du terme assigné.

Le temps était employé par eux en excursions multiples qui les amenaient à connaître, dans ses plus petits détails, tout le massif montagneux de la région...

Souvent Fridette les accompagnait : toujours, par exemple, Fellow était de la partie.

Le molosse paraissait avoir pris André en affection sérieuse, sans doute en vertu du principe qui attache étroitement un sauveteur à celui qu'il a sauvé...

CHAPITRE V

Et les journées s'écoulaient ainsi, rapides ; mais leur charme se troublait pour André des inquiétudes que lui causait la situation générale. Dans ce coin perdu de montagne, les nouvelles arrivaient irrégulièrement et avec des retards considérables, à ce point qu'à plusieurs reprises, ne pouvant dominer son impatience, le jeune homme descendait à Kandersteg prendre le train qui le menait, suivant l'heure, soit à Berne, soit à Interlaken.

Là, au moins, il trouvait des journaux, des dépêches qui le renseignaient exactement, et il remontait à la Weisse Frau, avec de l'espoir plein le cœur ou le cerveau embrumé d'inquiétude...

Assurément, nous avions arrêté les Allemands sur la Marne ; mais, maintenant, ils s'étaient ancrés solidement dans nos départements du Nord, et il ne semblait pas probable qu'on pût les en déloger aisément... Depuis quelques jours même, le bruit se répandait que, désespérant de pouvoir poursuivre l'exécution de son plan primitif, l'état-major allemand étudiait une autre manœuvre dont le résultat devait être aussi foudroyant que décisif.

Une autre manœuvre !... Laquelle ?...

Et André Routier, assis dans la salle de lecture, au kursaal d'Interlaken, où il était allé, suivant son habitude, consulter les journaux, tournait et retournait dans son esprit cette question :

Quelle manœuvre ?...

Machinalement, en attendant ratlichage des communiqués, le jeune homme feuilletait les publications qui se trouvaient à portée de sa main, et dont plusieurs remontaient à plusieurs semaines...

Soudain, ses regards se trouvèrent accrochés par un portrait d'homme qu'une revue allemande publiait : c'était celui d'un officier supérieur de l'armée prussienne en grande tenue...

— Tiens, songea André, voilà une ressemblance bizarre !...

Et il examinait le portrait avec plus d'attention, découvrant à tout instant, dans les traits durs et hautains, dans les regards à l'expression menaçante et cruelle, dans le pli de la bouche que crispait un sourire plein de morgue, quelque chose de déjà vu, de connu...

— Oui... répétait-il mentalement..., oui, certes, je connais ce visage-là...

Mais il poussa une exclamation lorsque le titre de l'article — un article, nécrologique — lui apprit que ce portrait était celui du commandant Otto von Mornstein, le fameux alpiniste dont s'était enorgueillie, durant plusieurs années, l'armée prussienne.

Intéressé malgré lui, le jeune homme parcourut distraitement l'article, éprouvant une réelle satisfaction à y trouver la confirmation de la nouvelle dont s'était réjoui le soi-disant M. Dubreuil...

Le maître d'hôtel, en ce moment, s'approcha pour le prévenir que les communiqués étaient affichés dans le hall.

Lui montrant alors la revue qu'il tenait à la main, le jeune homme demanda :

— Cela a dû faire beaucoup de bruit, dans la région, cette mort du commandant von Mornstein ?...

— Ah ! oui... dit l'autre on riant... je sais !... et monsieur n'est pas le premier qui m'en parle... Eh bien ! non, monsieur, la mort du commandant Mornstein n'a fait aucun bruit dans la région... par la bonne raison, que, dans la région, il y a deux ans au moins qu'il n'y a eu aucun accident de montagne... Les journaux allemands ont été mal renseignés... ou bien ils avaient quelque bon motif pour publier cette nouvelle-là...

— Quel motif ! interrogea le jeune homme...

Mais l'autre, soudainement réservé, déclara :

— La Suisse est pays neutre, monsieur, et je manquerais à la neutralité de mon pays en me laissant aller à des réflexions désobligeantes pour l'une quelconque des nations belligérantes...

Et il s'éloigna plein de dignité...

Évidemment, André ns pouvait songer à mettre en doute la déclaration du maître d'hôtel : Interlaken, centre de toutes les excursions de la région, n'eût pu ignorer un fait dont la chronique locale se fût emparée.

D'un autre côté, était-il admissible que la presse allemande eût fait autour de cette fausse nouvelle un tel bruit, s'il n'y avait eu à ce bruit une raison ?...

Et quelle autre raison pouvait-il y avoir, vraiment, que le désir d'inspirer toute quiétude à ceux que le grand état-major de Berlin savait au courant des machinations de Mornstein, principalement Merlier... Merlier qui, à l'époque où avait été lancée cette nouvelle, vivait encore et dont il s'agissait d'endormir la défiance...

Et le jeune homme demeurait les yeux fixés sur le portrait du fameux commandant, tandis que sa pensée se reportait vers la mort de Merlier, que le torpillage du bâtiment, interrompant l'enquête commencée par le commandant, avait laissée inexpliquée.

Et voilà que de nouveau sonnaient aux oreilles du jeune homme les derniers mots prononcés par le moribond...

« Mornstein ! avait-il répété à plusieurs reprises avec un accent de terreur... Mornstein !... »

Pas un moment alors André n'avait soupçonné que le commandant allemand pût être lié à la fin tragique du vieillard, puisque Mornstein était mort...

Mais maintenant que la nouvelle était fausse !...

Y avait-il, dans ces conditions-là, invraisemblance à croire que le meurtre de François Merlier fût, sinon l'œuvre directe de Mornstein, du moins celle d'un homme à lui, perdu parmi les passagersde l'*Auvergne* ?

Bien plus ! N'était-il pas à supposer que le meurtrier de Merlier eût provoqué le torpillage du paquebot pour interrompre une enquête qui devait forcément aboutir à sa découverte ?...

Et André frémissait de colère à la pensée que peut-être il avait eu l'occasion, au cours de la traversée, de serrer la main de ce misérable...

Ses regards s'étaient à nouveau portés sur le portrait publié dans la revue, et il répéta soucieux :

— Mais où donc ai-je vu cette figure-là ?...

CHAPITRE VI
Nuit d'horreur.

Pourquoi, en rentrant à la Weisse Frau, André Routier avait-il gardé par devers lui la découverte faite à Interlaken, alors qu'il était décidé à en entretenir et Fridette et M. Heldrick ?

À quel secret dessein avait-il obéi en cachant soigneusement la revue rapportée d'Interlaken pour leur montrer le portrait de Mornstein, au lieu de la leur mettre sous les yeux ?...

Un détail avait suffi à lui faire ainsi radicalement changer de ligne de conduite : à peine franchi le seuil de sa chambre, il avait constaté que quelqu'un, en son absence, y avait pénétré et que ce quelqu'un avait opéré dans ses affaires une perquisition minutieuse...

Une main experte avait tout inventorié, non seulement dans ses valises, mais encore dans ses vêtements, poussant la curiosité jusqu'à en découdre la doublure pour se bien assurer qu'entre cette doublure et l'étoffe rien ne se trouvait caché !

Et, tout de suite, le nom d'Heldrick lui vint à l'esprit !...

Si, par exemple, on lui avait demandé à quel mobile il attribuait cette perquisition, le jeune homme eût été bien empêché de répondre.

En tout cas, cet acte ne devait pas contribuer à augmenter beaucoup le peu de sympathie que déjà il éprouvait à l'endroit de M. Heldrick... bien au contraire...

Et, s'il n'eût pas dû se séparer bientôt de lui, certainement cet incident l'eût-il poussé à avancer la date de son propre départ...

Mais le Hollandais avait annonce le sien comme imminent, et André se décida à se taire jusqu'à ce que la Weisse Frau eût été débarrassée de cet encombrant et peu discret personnage...

Au cours de la soirée, même, fut arrêtée entre eux la base d'une grande excursion à faire dans le massif du Rothorn...

Cette excursion, André y songeait depuis longtemps ; de tous les points cités par le père de Fridette à son lit de mort, le Rothorn était le seul où il n'eût pas encore perquisitionné.

Le lendemain, André était descendu à Spietz pour y faire l'acquisition d'un piolet et d'un sac à provisions, ces deux accessoires indispensables d'une ascension sérieuse lui manquant...

Au fond, cette course n'avait été qu'un prétexte destiné à lui permettre de vérifier ce qu'il pouvait y avoir de vrai dans ses soupçons sur le Hollandais...

Fiidette devait descendre, elle aussi, jusqu'à Kandersteg pour accompagner les époux Bienthall, qu'une affaire de famille appelait pour quelques jours à Brigue.

M. Heldrick serait ainsi absolument libre de ses mouvements, et les soupçons d'André ne pourraient s'égarer au cas où il serait amené à faire, à son retour, les mêmes constatations que la veille...

On imagine que ce ne fut pas sans une certaine émotion que, le soir venu, le jeune homme réintégra sa chambre : une investigation serrée ne tarda pas à lui montrer qu'une main étrangère s'était, une fois encore, promenée parmi ses papiers...

Tout avait été l'objet d'une perquisition sérieuse, le visiteur sachant avoir devant lui tout le temps nécessaire, et rien n'avait été négligé, rien... pas même les vieux journaux rapportés par le jeune homme d'Interlaken la veille...

Et, parmi ces journaux, il sembla tout à coup à André que la revue allemande où se trouvait publié le portrait du commandant Mornstein avait été l'objet d'un examen plus sérieux, plus prolongé...

La page où se trouvait gravé le portrait du fameux alpiniste prussien avait disparu...

André, cette constatation faite, cherchait à comprendre à quel sentiment pouvait bien avoir obéi M. Heldrick en agissant ainsi.

En quoi le commandant von Mornstein pouvait-il importer à ce commerçant hollandais ? À moins que...

Et voilà que, tout à coup, une exclamation de stupeur lui jaillit des lèvres.

— Voyons... voyons, murmura-t-il, je suis fou !... En vérité... fou à lier... Cependant...

Les yeux fermés, il revoyait le portrait qu'avait publié la revue, tandis qu'il contraignait sa mémoire à se souvenir de mille petits détails, qui lui rendaient plus sévère, plus implacable, la comparaison avec un autre visage... Et, sans doute, se débattait-il contre l'évidence, car il finit par murmurer :

— Les cas de ressemblance aussi flagrante se sont présentés, c'est certain... Mais pourtant...

Il ajouta, après un instant de réflexion :

— Pourtant, pourquoi avoir fait disparaître ce portrait, si ce n'est pour empêcher une comparaison si aisée, vu les circonstances...

Il réfléchit, puis au bout de quelques instants :

— Il est vrai qu'il avait un autre moyen de s'opposer à cette comparaison, c'était de partir... Qu'en revenant tout à l'heure, je ne l'aie plus trouvé au chalet et je demeurais dans le vague en ce qui le concernait... Mais, d'un autre côté, sa présence ici n'a pas uniquement pour but de contempler les admirables sites de la Weisse Frau... Il doit avoir, à demeurer dans la contrée, des raisons majeures, des raisons puissantes, peut-être les mêmes que j'ai, moi aussi, à y demeurer... Le secret de ce malheureux Merlier...

« Dans ces conditions-là, il a détruit la pièce de comparaison, se proposant de voir venir et d'agir d'après mon attitude... Eh bien ! moi aussi, je verrai venir... et j'agirai suivant les circonstances...

Et voilà pourquoi André Routier avait gardé le silence sur l'intéressante découverte qu'il avait faite.

Sans en rien laisser paraître — du moins en fut-il persuadé — le jeune homme étudiait à la dérobée M. Heldrick et, de plus en plus, demeurait persuadé que sa perspicacité avait vu au juste : le Hollandais offrait avec la gravure allemande des points de ressemblance tels qu'il aurait fallu être fou pour ne pas s'y arrêter...

Assurément André ne pouvait encore rien affirmer : avant toutes choses, il lui fallait réunir un faisceau de preuves convaincantes qui lui permissent d'agir en toute certitude...

Et il s'applaudissait, maintenant, de l'excursion projetée pour le lendemain, au cours de laquelle les occasions de contrôle s'offriraient indubitablement nombreuses... et lumineuses...

Comme le départ avait été fixé à l'aube, la soirée fut écourtée et les deux hôtes du chalet, ayant pris congé de Fridette, regagnèrent de bonne heure leur chambre...

Retirée dans la sienne, la jeune fille demeura longtemps à rôder sans raison, allant d'un meuble à l'autre suivie du regard dans son étrange manège par Fellow, qui, assis sur son train de derrière, la regardait, étonné d'un changement si grand dans les habitudes de sa jeune maîtresse...

Celle-ci enfin s'approcha de lui et, s'agenouillant, comme une enfant, devant le molosse, prit entre ses deux mains l'énorme tête de l'animal pour le contraindre à concentrer toute son attention sur ce qu'elle allait lui dire...

Fellow attendait, fixant sur elle ses larges prunelles aux reflets d'or.

— Écoute, mon vieil ami, lui murmura-t-elle d'une voix qui tremblait d'émotion... écoute et retiens bien... J'ai peur... Oui, c'est bête, mais c'est ainsi… J'appréhende cette excursion de demain !… Les accidents sont si vite arrivés en montagne… Je sais bien qu'ils sont deux et qu'à deux il y a moins de danger… Mais, je ne sais pourquoi, j'ai de mauvais pressentiments. Aussi, n'est-ce pas ? tu feras attention… Tu connais la montagne, toi !… Tu sais comment il faut s'y prendre pour reconnaître la crevasse, sous la couche de neige qui la recouvre… Tu les guideras… tu les protégeras… n'est-ce pas… ? Tu veilleras sur lui !…

Elle avait des larmes dans les yeux…

— Tu comprends bien, dis !… insistait-elle…

On eût dit que l'animal se rendait compte de l'importance de ces recommandations : sans un mouvement, les yeux fixés sur sa jeune maîtresse, il faisait entendre de presque imperceptibles gémissements, comme s'il eût voulu la rassurer…

Le lendemain, après une nuit entrecoupée de cauchemars, Fridette fut éveillée en sursaut par le bruit, sur les marches de l'escalier, des lourdes chaussures d'André qui, cependant, descendait avec toutes les précautions possibles pour alléger sa marche…

Avant qu'elle se fût levée, la porte du chalet, entr'ouverte sans bruit, laissait se glisser au dehors les deux excursionnistes…

Un peignoir jeté en hâte sur ses épaules, elle ouvrit sa fenêtre.

— Bonne promenade, fit-elle.

Déjà, ils étaient à quelque distance : ils se retournèrent et agitèrent la main au-dessus de leur tête…

Elle cria :

— Prenez Fellow avec vous !…

Et, sans tenir compte du geste de dénégation de M. Heldrick, elle s'en fut ouvrir la porte au chien, qui se rua dans l'escalier en poussant un aboi sonore…

Quelques bonds le firent les rattraper au tournant du sentier, et elle eut le temps d'apercevoir André penché vers l'animal et le flattant doucement…

Ensuite ils disparurent, mais longtemps après retentit encore à son oreille la voix de Fellow faisant sonner les échos de la montagne…

Chapitre sans titre

La journée s'était écoulée morne et désespérément longue pour la jeune fille : c'était la première fois, depuis la mort de son père, que les circonstances la mettaient seule, face à face avec ses souvenirs et son chagrin...

Un à un, elle s'était remémoré dans tous leurs détails les événements douloureusement tragiques auxquels elle avait été mêlée depuis plusieurs semaines, et les sombres pressentiments, qui l'avaient agitée si péniblement la veille, l'avaient assaillie, le soir venu, avec plus de force encore...

Vainement, avait-elle tenté de se raisonner, de se démontrer l'inanité de semblables papillons noirs, s'efforçant de les chasser au loin : c'était autour d'elle comme une brume de poix dans laquelle elle s'enlisait à chaque instant davantage, au fur et à mesure que s'écoulaient les heures...

Enfin, avec une répugnance qu'elle avait eu grand'peine à surmonter, elle s'était mise au lit...

Mais le sommeil l'avaient fuie : une à une, elle avait entendu sonner les heures à la grande horloge de bois dont le balancier troublait seul le silence de la salle du rez-de-chaussée...

Enfin, de lassitude, elle avait fini cependant par céder au sommeil...

Brusquement, elle s'éveilla et, d'un mouvement machinal, dressée sur son séant, tendit l'oreille...

Sur le sol durci du sentier, devant le chalet, un pas lourd venait de résonner...

Puis, ce fut le bruit d'une clé que maladroitement on cherchait à introduire dans la serrure...

Aussitôt, elle eut l'instinct d'un accident survenu aux excursionnistes et qui les ramenait plus tôt qu'il n'avait été prévu...

Le cœur étreint par l'angoisse, elle sauta à bas du lit et courut à la fenêtre, qu'elle ouvrit violemment...

Au-dessous d'elle, dans l'obscurité profonde, se dessinait une silhouette, immobile sur le seuil.

— C'est vous, monsieur Routier ? interrogea-t-elle d'une voix hésitante...

La silhouette, au même moment, ouvrait la porte qui, presque repoussée brutalement, claqua…

La jeune fille sortit alors de sa chambre, et, penchée sur la rampe de l'escalier, répéta sa question…

Alors, une voix rude, qu'elle eut grand'peine à reconnaître, répondit :

— Non… c'est moi… Heldrick… Ne vous dérangez pas…

Elle faillit pousser une exclamation de terreur, tellement ses pressentiments la saisirent à la gorge…

Ce n'était pas M. Routier !… Pourquoi n'était-ce pas lui ?…

Vivement, de ses mains tremblantes, elle se vêtit sommairement et descendit l'escalier…

Il fallait qu'elle sût le motif de ce retour inattendu et de l'absence du compagnon de M. Heldrick.

Celui-ci, au moment où elle apparaissait sur le seuil, lui tournait le dos : debout devant le buffet, il avalait un grand verre d'eau-de-vie qu'il venait de se verser…

Brusquement retourné, il considéra un moment la jeune fille d'un air singulier et balbutia :

— Vous m'excuserez… Mais il fait un tel froid dans la montagne que, vraiment, j'avais besoin de me réchauffer…

D'un geste las, il avait laissé glisser sur le plancher la lourde charge qu'il portait sur le dos : déjà dans un coin se trouvaient son piolet et sa carabine, déposés en entrant…

Et il demeura là, regardant la jeune fille avec des regards étranges que paraissait troubler déjà la lampée d'alcool qu'il venait d'avaler d'un trait… Puis, comme gêné par la stupeur de Fridette, il détourna la tête…

— Vous êtes seul ? interrogea-t-elle… et M. Routier ?… et le chien ?…

Il s'assit lourdement, les jarrets comme subitement coupés :

— M. Routier m'a quitté… oui… il a voulu, malgré mes avis, pousser jusqu'à un passage dangereux en cette saison, à cause des avalanches… Et, ma foi, comme je n'ai pas pu lui faire entendre raison, je l'ai laissé agir à sa guise…

— Vous n'auriez pas dû vous séparer de lui ! clama-t-elle, affolée…

M. Heldrick, chez lequel, sous l'influence de l'alcool, une certaine excitation commençait à se manifester, asséna sur la table un coup de poing violent et gronda :

— Qui vous dit que je l'aie abandonné ?... C'est lui, au contraire, qui m'a quitté... Moi, je l'ai attendu pendant onze heures, au risque de périr de froid, à l'endroit où nous nous étions quittés !... Au bout de ce temps, comme je gagnais la mort au milieu de la neige, je suis revenu... pensant d'ailleurs qu'il s'était débrouillé tout seul et que je le retrouverais ici...

Sa réponse sentait l'insincérité et, comme le regard de la jeune fille pesait à nouveau sur lui, pour faire diversion, il empoigna la bouteille d'eau-de-vie et se versa une nouvelle rasade, qu'il lampa d'un trait.

— Bast, fit-il, ne vous inquiétez pas... Il reviendra...

Il se leva péniblement, titubant presque, car l'alcool, tombant dans son estomac vide, avait produit un effet quasi foudroyant, et elle le regardait en silence traverser avec peine la salle.

— Bonsoir, bafouilla-t-il, je vais me coucher...

Il avait gagné sa chambre, dont, maladroitement, il réussit à ouvrir la porte, et il disparut avant qu'elle eût eu la présence d'esprit de lui demander de plus amples explications...

Alors elle remonta l'escalier, à regret, les jambes lourdes, la poitrine étreinte, et longuement, longuement, avant de s'endormir, elle agita dans son cerveau les différentes éventualités qui pouvaient se présenter.

Assurément, les choses pouvaient s'être passées comme le lui avait succinctement raconté M. Heldrick, et André, victime de son imprudence, s'étant égaré dans la montagne, avoir été contraint d'accepter l'hospitalité dans quelque étable... Aussi convenait-il de ne rien mettre au pire et d'attendre au lendemain pour donner à l'excursionniste le temps de rallier le chalet de la Weisse Frau...

Ce sont là incidents qui se voient fréquemment en montagne, et Fridette en était trop avertie pour s'émotionner outre mesure, lorsque la réflexion eut atténué la première impression — franchement mauvaise — qu'avait produite sur elle l'attitude du Hollandais... Et elle se réservait de l'interroger plus longuement le lendemain, lorsqu'il aurait ses esprits.

Main au matin, lorsqu'elle descendit, M. Heldrick n'était plus au chalet...

D'ailleurs, il était tard : s'étant endormie fort avant dans la nuit, la jeune fille avait fait la grasse matinée, et elle supposa qu'inquiet, lui aussi, il avait dû aller à la recherche de son compagnon...

Ce fut dans l'attente de son retour que s'écoula la journée, plus longue, plus morne que la précédente, alourdie en outre par l'angoisse, plus poignante au fur et à mesure que s'écoulaient les heures...

Le soir tomba, et les étoiles s'allumèrent une à une au ciel, la lune monta à l'horizon et rien... personne...

Alors, ce fut la pleine nuit, et, incapable de se mettre au lit, Fridette, accoudée à sa fenêtre, guetta les bruits mystérieux de la montagne...

Comme onze heures sonnaient à l'église de Kandersteg, il y eut au loin, sur le sentier qui descendait du Grosshorn, un bruit de pas claquant sur le sol durci...

Un espoir gonfla le cœur de la jeune fille... dont les regards se braquèrent sur le point où le sentier fait un coude brusque et d'où seulement se pouvaient apercevoir les nouveaux arrivants...

Une seule silhouette apparut... et cette silhouette n'était pas celle qu'elle attendait...

Cramponnée à la barre d'appui, c'est à peine si elle eut la force de demander, quand M. Heldrick atteignit le seuil du chalet :

— Pas de nouvelles ?...

Il ne répondit même pas et entra, faisant claquer la porte derrière lui...

Interdite, elle s'apprêtait à descendre l'interroger lorsqu'elle entendit un double tour de clé grincer dans la serrure, lui démontrant ainsi l'inutilité de toute tentative de conversation...

Elle demeurait là, comme figée, n'osant faire un mouvement ; en bas les lourdes chaussures de M. Heldrick se mirent à battre le plancher de la salle basse, et cette promenade ininterrompue, au milieu du grand silence de la nuit, prenait une allure tellement impressionnante, tellement sinistre que la jeune fille n'osait plus bouger...

Oui... oui... Elle avait peur... peur terriblement, irraisonnablement !...

Au point qu'ayant, sur la pointe des pieds, gagné un fauteuil, elle s'y blottit, ayant fini par mettre ses mains sur ses oreilles, pour fuir ce martelage hallucinant, odieux...

Brusquement, il cessa et, pendant un long moment, un silence de plomb enveloppa le chalet...

Puis s'entendit un grincement produit par les pieds d'un siège qu'on repoussait pour se lever.

Le Hollandais allait-il donc recommencer son impressionnante promenade ?...

Non ; tout doucement, l'oreille de Fridette surprit sa marche glissante sur le plancher de la salle ; ensuite, avec mille précautions, la clé crissa dans la serrure et la porte de la salle tourna sur ses gonds avec un petit bruit particulier que la jeune fille connaissait bien.

Fridette, redressée, écoutait les pas feutrés qui maintenant gravissaient l'escalier : le buste penché en avant, les yeux fixes, elle eût voulu pouvoir de ses regards traverser l'épaisseur des planches pour suivre dans son ascension celui qui montait...

C'est à elle qu'il en avait !... Elle le pressentait, et elle se bâillonna instinctivement les lèvres pour retenir le cri d'angoisse prêt à en jaillir...

Maintenant il était sur le palier !...

La jeune lille se souvint alors que, la veille, elle avait — tellement était grand son trouble — oublié sa clé à l'extérieur de la serrure...

Elle était donc à la discrétion du visiteur !...

Mais, subitement, elle se souvint que sa porte était munie d'un verrou et, ses pieds nus glissant sur le plancher, sans bruit, elle gagna la porte ; alors, silencieusement, elle poussa le verrou...

Il était temps : sur le palier, l'autre approchait et, retenant sa respiration, elle attendit le moment où le visiteur allait constater l'inutilité de sa tentative...

Un long moment, il s'immobilisa, tout contre la porte, cherchant sans doute à s'assurer si elle dormait...

Puis, tout à coup, à sa grande surprise, elle perçut le déclic prudent de la clé dans la serrure...

Chapitre sans titre

M. Heldrick venait de l'enfermer !...

Ensuite, à pas de loup, comme il l'avait monté, il redescendit l'escalier...

Et elle demeurait là, sans souffle, sans mouvements, faisant appel à toute sa volonté pour dompter l'épouvante qui, de seconde en seconde, la gagnait davantage...

Pendant une partie de la nuit, elle écouta le bruit de la marche cadencée à travers la salle, car, une fois en bas, M. Heldrick avait recommencé sa promenade...

De temps à autre, il s'arrêtait : le silence se faisait durant quelques instants ; après quoi, son manège reprenait...

Soudain, elle n'entendit plus rien...

Alors, intriguée, apeurée davantage, elle s'agenouilla sur le plancher, cherchant à surprendre quelque indice de ce qui se passait au-dessous d'elle...

Maintenant, elle entendait comme des gémissements rauques qui trahissaient la souffrance ou l'effroi.

Saisie de compassion, elle appliqua sa bouche contre le plancher.

— Monsieur Heldrick, appela-t-elle, avez-vous besoin de soins ?... Montez m'ouvrir !... Je pourrai m'occuper de vous ?...

En guise de réponse, parvinrent à la malheureuse d'affreuses invectives qui mirent le comble à son épouvante...

Qu'est-ce que cela voulait dire ?... Était-il devenu subitement fou ?...

Et elle était seule dans le chalet !... enfermée !... à la disposition de cet homme !...

Coûte que coûte, cependant, car elle était d'âme énergique, il lui fallait savoir à quoi s'en tenir : à l'aide d'un couteau, elle pratiqua dans le plancher de sapin une ouverture assez grande pour lui permettre de glisser un regard dans la salle du rez-de-chaussée...

Ce qu'elle vit l'épouvanta davantage encore...

M. Heldrick était assis devant la table : près de lui, il avait une bouteille d'eau-de-vie dont il portait, à tout moment, le goulot à ses lèvres...

Quand il avait bu, il demeurait figé dans la même attitude, comme hypnotisé par une vision qui se dressait devant lui et que, de ses bras agités avec violence, il tentait d'écarter...

— Non !... non !... grondait-il d'une voix gutturale... va-t'en !... va-t'en !...

Son masque avait quelque chose d'effrayant à regarder, convulsé, sinistrement éclairé de ses prunelles dans lesquelles lui aient un éclair de folie...

Et Fridette pensa que c'était bien cela : M. Heldrick était foui fou d'alcool !...

Une bave frangeait ses lèvres que contractaient de sourds gémissements.

Elle eut alors comme l'impression qu'il pouvait la voir et, pour se mettra hors de sa portée, elle se redressa d'un bond.

Au bruit, il se leva lourdement ; alors une angoisse affreuse s'empara d'elle : le fou allait monter pour enfoncer sa porte et la tuer peut-être...

Désespérément, elle traîna sur le seuil de sa chambre une table, une commode, des chaises, improvisant en quelques secondes une barricade solide et susceptible d'opposer aux efforts du misérable une résistance suffisante.

Après quoi, obéissant quand même à une invincible curiosité, elle s'agenouilla de nouveau sur le plancher, la face penchée vers l'ouverture.

Son épouvante s'accrut de ce qu'elle vit...

Armé de son fusil, M. Heldrick rôdait le long de la muraille, comme s'il eût surveillé un ennemi que son instinct lui faisait pressentir à l'extérieur...

Un moment, il s'arrêta contre la porte, le cou tendu en avant, prêtant l'oreille à un bruit que, seul, il entendait, car autour du chalet tout était silencieux.

Soudain, il poussa les verrous intérieurs et amena, comme elle venait de le faire elle-même, un lourd bahut en travers de la porte...

Ainsi barricadé, il se mit à crier d'une voix qui n'avait rien d'humain :

— Va-t'en !... mais va-t'en donc !...

Il s'adressait à quelqu'un du dehors... à quelqu'un qu'il sentait s'efforcer de vouloir forcer l'entrée du chalet : même, à un certain moment, il s'arc-bouta au buffet, pour renforcer la barricade.

Mais, tout à coup, il poussa un cri, bondit jusqu'à une fenêtre, l'ouvrit et poussa le volet qui claqua contre la muraille…

Ensuite, passant par la baie l'extrémité de son fusil, il ajusta longuement et fit feu…

Fridette demeura affolée par ce geste. Que se passait-il donc ? Qui était là ?… Sur qui venait-il de tirer ?…

Une seconde fois, il brûla une cartouche et, de nouveau, l'écho de la détonation roula sinistrement à travers la montagne.

M. Heldrick referma ensuite le volet, puis la fenêtre ; après quoi, il déposa son arme dans un coin et vint s'effondrer devant la table.

Là, il se versa une large rasade d'eau-de-vie, qui le laissa un long moment inerte, hébété…

C'est alors que l'idée vint à Fridette d'aller regarder au dehors.

Sur la pointe des pieds, elle gagna la fenêtre de sa chambre, l'ouvrit sans bruit et se pencha dans la nuit ; mais elle eut beau écarquiller les yeux, elle ne vit rien.

Alors, incertaine mais angoissée, elle rejoignit son poste d'observation : M. Heldrick buvait à même la bouteille ; son arme, prête au coup de feu, était allongée sur la table, à portée de sa main…

Puis, elle le vit soudain se renverser sur le dossier de son siège, la tête inclinée sur sa poitrine : il était vaincu par l'alcool.

La jeune fille demeurait là, le regardant, se demandant ce qu'elle allait devenir avec ce fou !…

Et voilà que, tout à coup, elle entendit au dehors un bruit léger… Quelqu'un était là, qui paraissait chercher à entrer dans le chalet, et, tout de suite, la pensée d'André Routier lui vint à l'esprit…

Elle allait se précipiter vers la fenêtre ; mais elle resta immobile, regardant M. Heldrick, dont le buste venait de se redresser et qui faisait de vains efforts pour se mettre sur ses jambes…

Mais ses jarrets, coupés par l'alcool, refusaient de se raidir et, il demeurait là, le cou tendu, la face menaçante, tandis que sa main cherchait à atteindre son fusil…

Elle, comme hypnotisée, attendait…

Cependant, du dehors monta ce bruit qui, tout d'abord, avait attiré son attention et celle, en même temps, de M. Heldrick... Alors, incapable de dominer plus longtemps son angoisse, elle gagna la fenêtre...

Effectivement, il y avait là, dans l'ombre, contre la porte du chalet, quelqu'un dont il était impossible même de distinguer la silhouette, mais qu'elle entendait parfaitement bien.

Tout bas, par crainte d'exciter la colère du fou :

— Monsieur André, appela-t-elle... Est-ce vous ?...

Le bruit cessa, et un gémissement s'éleva que, tout de suite, elle reconnut.

— Fellow !... murmura-t-elle.

Cette fois, un aboi joyeux lui répondit, et elle se sentit la poitrine comme soulagée d'un poids énorme...

— Fellow ! recommença-t-elle toute joyeuse, mon vieux Fellow !...

L'animal se mit à gratter de nouveau avec acharnement, et aussitôt une crainte la prit que le fou ne lui tirât dessus...

Elle courut jusqu'à la meurtrière pratiquée dans le plancher et regarda : M. Heldrick avait réussi à se dresser ; il tenait son arme à la main, mais il ne pouvait quitter le fauteuil auquel il se cramponnait ; son instinct l'avertissait qu'il s'écroulerait au premier pas qu'il ferait en avant.

De ce côté-là, donc, Fridette était tranquille ; tant qu'il serait terrassé par l'ivresse, le fou ne serait pas à craindre.

Alors, vivement, elle improvisa à l'aide de ses draps et de sa couverture une corde dont elle attacha une extrémité à la barre d'appui de sa fenêtre : après quoi, se laissant glisser, elle gagna le sol...

Une fois là, sans réfléchir davantage, elle se lança dans la montagne, entraînant Fellow bondissant de joie...

Et elle allait... elle allait, dans le noir, titubant aux pierres du sentier, s'accrochant aux arêtes vives des roches, mais continuant sa course, avec cette idée fixe en tête : chercher du secours, à tout prix.

Quand elle atteignit enfin, au petit jour, le gasthaus d'Eschinensee, les tenanciers enlevaient leurs volets...

On imagine leur stupeur en voyant arriver à une pareille heure et dans un semblable état la nièce de leurs vieux amis Bienthall...

Mais elle était dans un tel état de trouble que, pendant les premiers instants, il lui fut impossible de rien se rappeler.

Subitement, la vue de Fellow, gravement assis devant elle, acheva de l'affoler. Elle venait de remarquer, au collier de l'animal, le foulard de soie que, quelques jours auparavant, elle avait donné à André Routier : celui-ci l'y avait attaché comme un appel désespéré…

Les vieillards, mis au courant, furent d'avis qu'il fallait agir sans tarder…

— Il y a des troupes cantonnées non loin d'ici, dans la montagne… les chefs ne demanderont pas mieux que d'intervenir pour mettre cet infortuné monsieur dans l'impossibilité de causer un malheur et pour aller à la recherche du jeune homme…

Moins d'un quart d'heure plus tard, ils atteignaient un col où un capitaine se hâtait d'organiser la défense : l'exemple de la Belgique, si sauvagement envahie, excitait les Suisses à ne pas s'endormir naïvement dans la foi des traités…, et les pioches, les pelles, la mine jouaient activement contre le roc…

L'officier, séance tenante, prit ses dispositions et, quelques instants plus tard, une dizaine d'alpins, porteurs de cordes, de piolets, de civières, se mettaient en route, sous les ordres d'un sous-officier, pour la Weisse Frau.

Fridette avait proposé que Fellow servît de guide ; aussi aurait-elle voulu qu'on partît de suite à la recherche d'André ; mais le sous-officier, dans la vie civile, appartenait au corps des guides d'Andermatt et était expert en la matière ; il déclara que, pour faciliter les recherches de l'animal, il fallait le ramener à son point de départ, c'est-à-dire au chalet…

C'est de là que, quarante-huit heures plus tôt, il s'était lancé dans la montagne, en compagnie de celui qu'il fallait retrouver : c'était de là que devait partir sa quête…

D'ailleurs, quand bien même cette théorie n'eût pas été basée sur une longue expérience, il importait de gagner tout d'abord la Weisse Frau.

Ou bien M. Heldrick était véritablement fou, et il fallait s'assurer de lui, avant qu'il ne se jetât dans la montagne où il serait plus difficile de le rejoindre… Ou bien sa surexcitation, due à l'abus de l'alcool, n'était que passagère, et quand elle aurait disparu, il serait possible de l'interroger sur les conditions dans lesquelles il s'était séparé de son compagnon...

Dans l'intérêt même d'André, mieux valait adopter cette façon de procéder qui ferait gagner un temps précieux.

Fellow marchait en tête de la petite troupe, la queue en panache, le museau lové, humant l'air, comme s'il eût compris le rôle qui lui était réservé...

Quand on arriva à proximité du chalet, la jeune fille recommanda la prudence.

Pendant qu'elle parlait avec le sous-officier, Fellow s'était rué vers le chalet, poussant des abois furieux.

Soudain, un volet s'ouvrit, claquant avec force contre le mur, et dans l'encadrement de la fenêtre apparut la haute silhouette de M. Heldrick, le fusil à l'épaule...

Une détonation éclata et, atteint par une balle, Fellow roula sur le sol...

Sans se soucier du danger, Fridette courut à l'animal et, agenouillée sur le sol, s'efforça de s'assurer de la gravité de la blessure...

Presque aussi brusquement qu'ils s'étaient ouverts, les volets se refermèrent et le silence se fit...

Tandis que deux hommes aidaient Fridette à transporter Fellow à l'abri de la fusillade, le sous-officier se concertait avec ses hommes pour s'emparer sans trop de risques du fou !...

Une partie du petit détachement s'embusqua soigneusement non loin de la porte, la surveillant, pour s'opposer à toute tentative de sortie du meurtrier.

Pendant ce temps, le reste des soldats contournaient le chalet et, escaladant par des moyens de fortune le mur jusqu'au toit, pratiquaient sans bruit, au milieu des tuiles, une ouverture par laquelle ils se glissaient à l'intérieur du grenier...

Silencieusement, ensuite, ils descendirent l'escalier ; arrivés contre la porto de la salle, ils se tapirent immobiles, attendant que ceux du dehors se fussent conformés aux instructions du chef...

Ces instructions étaient simples : elles consistaient à occuper l'attention de l'adversaire, en simulant subitement une attaque contre une des fenêtres...

Les autres, alors, enfonceraient la porte intérieure de la salle dans laquelle ils feraient irruption sur les derrières de l'ennemi ; celui-ci, surpris, se laisserait capturer, sans que l'on eût à déplorer aucune perte...

Mais Fridette qui, Fellow une fois pansé sommairement, était venue les rejoindre, leur expliqua que ce plan avait peu de chances de réussir, vu que la porte se renforçait à l'intérieur d'une solide barricade improvisée par le fou et contre laquelle les assaillants se heurteraient.

— Diable ! grommela le sous-officier, voilà qui se présente mal ?...

Mais la jeune fille, se faisant suivre sans bruit par les soldats, remonta l'escalier et les conduisit dans sa chambre :

— Regardez ! fit-elle en montrant au sous-officier la petite ouverture qu'elle avait pratiquée dans le plancher, vous vous rendrez mieux compte de l'état de la place qu'il s'agit d'emporter...

En un instant, quelques planches furent enlevées au parquet de façon à former une ouverture suffisante pour livrer passage à un homme...

Cela n'alla pas, comme on peut l'imaginer, sans que Heldrick, aussitôt qu'il eut surpris la manœuvre, ne s'efforçât de l'interrompre, en envoyant dans le plafond des coups de feu...

Mais comme il était obligé de faire face en même temps à l'attaque qui venait de l'extérieur, le sous-officier et ses hommes purent arriver à leurs fins sans dommage aucun : il s'agissait bien entendu de s'emparer du malheureux vivant.

Il y avait là, en ce qui concernait Heldrick, non seulement une question d'humanité, mais aussi un intérêt capital relativement à André Routier ; si l'on voulait savoir du fou ce qu'il était advenu de son compagnon, il était indispensable qu'on lui laissât la vie sauve...

Profitant d'un moment où le dément s'occupait à recharger son arme, un alpin se laissa tomber sur lui, par l'ouverture pratiquée au milieu du plancher...

Surpris, Heldrick roula à terre.

Avant qu'il eût pu se redresser, il était garrotté solidement et mis dans la complète impossibilité de nuire... Alors, on débarricada la porte et on entra. Le prisonnier, assis sur un fauteuil, était véritablement effrayant à regarder, avec son masque convulsé, dans lequel les yeux roulaient pleins de rage, tandis que de ses lèvres jaillissaient les pires injures...

Vainement tenta-t-on de lui arracher quelque renseignement sur son compagnon d'excursion ; il fut impossible d'obtenir de lui autre chose que des paroles incohérentes, coupées parfois de cris de terreur.

En désespoir de cause, on cessa de l'interroger.

— Maintenant, déclara le sous-officier, occupons-nous de l'autre. Avez-vous un objet ayant appartenu au voyageur ?...

Presque aussitôt, la jeune fille tendit au sous-officier une casquette qu'elle était allée prendre au portemanteau.

Alors, on se dirigea vers l'endroit où Fellow reposait, tout dolent de la blessure sur laquelle les soldats avaient sommairement appliqué leur pansement individuel...

L'animal, dès qu'on lui eut présenté la casquette, la flaira, huma l'air et se redressa sur ses pattes ; puis, la casquette aux dents, il se mit en route...

Derrière lui venaient le soldat qui le tenait en laisse, puis la jeune fille avec le sous-officier ; enfin, fermant la marche, le petit détachement avec les différents impédiments nécessaires au sauvetage...

Seuls, deux hommes étaient demeurés au chalet pour surveiller le fou...

Fellow, quoique assez grièvement atteint, marchait ferme, paraissant n'avoir aucune hésitation sur la direction à suivre...

Sans une défaillance, le nez collé au sol, il allait, retrouvant imperturbablement les traces que les deux excursionnistes et lui-même avaient laissées l'avant-veille sur le sentier...

Et, à chaque pas fait en avant, Fridette sentait son âme se contracter d'angoisse, à la pensée qu'un miracle allait peut-être lui permettre de sauver celui qu'elle aimait...

Car elle l'aimait !... cela maintenant était indéniable : durant les dernières heures écoulées, sous l'influence de l'anxiété, l'amour avait atteint en elle son apogée, ainsi que, dans l'atmosphère surchauffée d'une serre, une plante exotique, subitement en pleine croissance, fait, en quelques minutes, s'épanouir une fleur merveilleuse.

CHAPITRE VIII
Accident de montagne.

Pendant trois heures, le détachement alla ainsi, escaladant des sentiers, parfois à pic, d'autres fois plongeant dans des gouffres vertigineux...

Brusquement, Fellow s'arrêta et, derrière lui, tout le monde fit halte.

Pendant quelques instants, visiblement, il fut en déroute, allant, venant, revenant encore, flairant des traces de pas, humant l'air avec force...

On se trouvait alors à près de deux mille mètres d'altitude : sur la droite, se dressait à pic une haute muraille de granit dans les flancs de laquelle des marches étaient creusées, si étroites que c'est à peine si le pied paraissait pouvoir s'y poser tout entier...

À plusieurs reprises, l'animal revint à la base de cet escalier, ce qui surprit fort ses compagnons, car il était insupposable que, par un chemin semblable, il eût pu accompagner les excursionnistes...

À gauche, un sentier raide descendait, après avoir traversé une passerelle jetée sur un gouffre, vers une petite vallée emplie de neige qui s'étendait à une centaine de mètres au dessous de l'espèce de plate-forme où on avait fait halte.

— Helmont, fit tout à coup le sous-officier au soldat le plus proche de lui, viens donc un peu ici...

Il était agenouillé et, penché vers la pente, l'examinait avec attention.

— Ne dirait-on pas du sang... cette tache, là-bas, sur la neige... à droite du tronc de sapin brisé ?...

— Si ça n'en est pas, ça y ressemble !...

Fridette regardait, elle aussi, toute frissonnante. Du sang !... Mon Dieu, celui d'André, peut-être !...

Fellow, en ce moment, comme s'il eût compris le sens des paroles du sous-officier, s'arc-bouta des quatre pattes et, le museau pointé dans la direction indiquée, il se mit à aboyer lugubrement...

— Nous devons approcher, déclara le sous-officier. Faisons attention…

Il avait rendu la liberté à l'animal : celui-ci, aussitôt, fila par une sente, tout d'abord inaperçue ; contournant une roche énorme, elle descendait vers la vallée, raide et dangereuse, comme accrochée au flanc de la montagne, mais cependant praticable…

Sur la neige fraîche, on apercevait des traces de pattes de chien…

Fellow était déjà venu là !…

Rapidement, la petite colonne descendit à la suite de l'animal pour arriver à la passerelle…

Sans hésiter, les soldats, montagnards habitués de longue date à triompher de tous les vertiges, s'engagèrent sur le tronc d'arbre chancelant qui reliait l'une à l'autre des deux crêtes du gouffre…

Au delà de la passerelle, le sentier continuait sa descente et bientôt toute la petite troupe eut atteint la vallée…

Tout à coup, au milieu du silence impressionnant dont s'enveloppait la montagne, une sorte de hurlement retentit, si troublant qu'en même temps que les soldats le chien lui-même fit halte.

Et Fellow, la tête dressée, se mit à pousser des petits grognements inquiets et comme colères…

Toutes les têtes se levèrent et des gorges de tous jaillirent aussitôt des exclamations terrifiées…

Dans l'espace, fine comme une perche striant le ciel bleu d'une ligne sombre, la passerelle apparaissait.

Et voilà qu'un homme, surgissant tout à coup du sentier accroché au flanc de la montagne, venait de s'y engager d'une allure désordonnée.

Il tenait à la main une de ces grandes haches dont se servent les bûcherons pour abattre les sapins énormes dont les troncs, emportés par leur poids, glissent ensuite tout seuls jusqu'aux vallées.

— Le fou ! lança la sous-officier, plein de stupeur, en reconnaissant celui qu'il avait laissé à la Weisse Frau sous la garde de deux de ses soldats.

— Oui… oui… c'est le fou !… s'exclamèrent les autres.

Maintenant, on le distinguait bien : c'était lui, vêtements en désordre, cheveux au vent, agitant dans des gestes de menace la hache au-dessus de sa tête...

Il s'avançait à pas délibérés, conservant par un miracle son équilibre au-dessus du gouffre.

Soudain, comme il avait atteint le milieu de la passerelle, Heldrick s'arrêta et demeura immobile, figé dans une attitude de défense, son arme levée...

Manifestement, dans sa folie, il venait d'apercevoir quelqu'un qui s'avançait à sa rencontre... lui barrant le chemin... Durant quelques instants, il parut attendre l'attaque de cet adversaire imaginaire...

Et, tout à coup, cette attaque se produisit, car Heldrick abattit sa hache...

L'arme frappant dans le vide, il faillit perdre l'équilibre ; cl ceux qui, d'en bas, suivaient cette lutte extravagante d'un homme contre un fantôme, crurent qu'il allait choir dans le gouffre...

On le vit, durant une seconde ou deux, osciller de droite et de gauche... Mais un miracle se produisit qui le replaça d'aplomb sur ses jambes...

La hache en main, il poursuivit alors sa route... À peine faits un pas ou deux, il s'arrêta.

Un nouvel incident venait de se produire : sans doute, un ennemi, contraint à la retraite, s'était-il embusqué et l'attendait-il sur la rive à laquelle aboutissait la passerelle...

Alors, pour lui barrer définitivement le chemin, le fou s'attaqua à l'arbre lui-même...

À grands coups de hache, il frappait sur le tronc, dont on voyait les fins copeaux voltiger dans l'espace...

Les soldats assistaient, étreints par l'angoisse, à cet émouvant spectacle. Que tenter pour arracher ce misérable au sort qui l'attendait ?...

Peut-être en se hâtant, serait-il possible d'arriver à temps...

— Courez ! ordonna le sous-officier à deux soldats qui s'élancèrent par le sentier.

Mais la hache voltigeait avec une rage croissante et, tout à coup, il y eut un craquement qui résonna, au milieu du silence, avec l'intensité d'une détonation.

La passerelle, sous le poids de l'homme, se brisa nettement et le fou, tournoyant dans l'espace, passa, avec la rapidité d'une flèche, devant les yeux épouvantés des soldats ; penchés sur le bord du gouffre, ils suivirent durant quelques secondes sa chute vertigineuse dans l'ombre bleue où il s'abîma.

Durant un moment, ils demeurèrent silencieux, impressionnés par ce drame rapide dont ils n'avaient pu être que des spectateurs impuissants.

Puis, sans un mot, ils se remirent en marche, à la suite du chien reparti en avant, le nez collé à la neige…

Depuis un moment assez long, ils marchaient ainsi, lorsque, à ses pieds, soudain, le sous-officier ramassa un objet qu'il avait vu Fellow flairer longuement…

C'était un de ces havresacs de toile qui servent aux excursionnistes à transporter, avec des provisions, quelques vêtements de rechange… Les courroies en étaient rompues et la fermeture brisée.

Un peu plus loin, dans la même direction, un piolet gisait sur le sol, puis, plus loin encore, un chapeau de feutre que Fridette reconnut pour celui d'André…

Enfin, enfoui dans la neige tombée au cours de la nuit précédente, le corps d'un homme…

Fellow, qui avait précédé le détachement, lui léchait le visage et les mains, bientôt rejoint par Fridette, anxieuse de savoir.

— C'est lui !… s'exclama-t-elle, c'est lui !… Il vit !…

Les soldats s'efforcèrent de la seconder. Tandis que l'un d'eux, à l'aide de la lame de son couteau, entrouvrait les mâchoires contractées du blessé, le sergent y versait goutte à goutte un peu de rhum.

Ensuite, il se mit à frictionner énergiquement le visage et les mains du malheureux, dont les paupières se soulevèrent enfin.

Il promena autour de lui un regard vitreux, qui se fixa sur Mlle Merlier ; puis, d'une voix éteinte, il murmura :

— Mornstein !…

Et il referma les yeux…

— Mornstein ! répéta à mi-voix Fridette…

Maintenant, lui revenait en mémoire, comme un écho lointain, ce nom, entendu une fois déjà, il y avait plusieurs semaines de cela.

C'était à bord de l'*Auvergne*, alors que son père frappé par une main inconnue agonisait...

Avant de mourir, François Merlier, lui aussi, avait prononcé ce nom balbutié par André Routier...

Qu'avaient-ils voulu dire tous les deux et quel rôle avait donc joué dans leur fin également tragique, cet homme, mort déjà plusieurs mois avant eux ?...

Il y avait là un mystère que la disparition subite de François Merlier avait empêché d'éclaircir, mais que peut-être André Routier, lui, pourrait élucider, si Dieu lui faisait la grâce de le maintenir en vie...

Les soldats cependant avaient disposé avec d'infinies précautions sur la civière le corps inanimé du blessé...

Mais alors un détail frappa le sous-officier : la taille d'André se ceinturait encore d'un fragment de la corde qui reliait l'un à l'autre les deux ascensionnistes...

Or cette corde se trouvait rompue à trois où quatre pouces de son point d'attache ; et c'était sans nul doute cette rupture qui avait occasionné la chute qu'un miracle seul avait empêché d'avoir des conséquences mortelles...

Et voilà que, soudain, le sous-officier, qui examinait la corde avec attention, s'exclama :

— Elle n'a point été rompue, mais coupée !...

Et il montra à Fridette, aux soldats, soudainement groupés autour de lui, la section parfaitement nette et visible faite aux ligaments de chanvre par un instrument tranchant...

— La chose est claire... Il ne s'agit plus d'accident, mais de crime !... On a voulu assassiner cet homme !

— Assassiné ! répéta d'une voix étranglée Fridette... Comme mon pauvre papa, alors !...

Et c'était ce M. Heldrick qui aurait commis cet épouvantable crime !...

Mais M. Heldrick était à bord de l'*Auvergne*, lui aussi... Fallait-il donc lui attribuer la mort de M. Merlier ?... Voilà qui était bien invraisemblable !...

Pourquoi l'un après l'autre ?... Oui, pourquoi ?...

Et elle marchait derrière la civière, s'efforçant d'élucider ce mystère ; mais, au fur et à mesure qu'elle tournait et retournait dans sa tête les différentes hypothèses, les ténèbres ne faisaient que s'épaissir en elle...

Tous les kilomètres, les soldats se relayaient : la charge, déjà lourde, s'était augmentée du poids de Fellow, incapable maintenant de mettre une patte devant l'autre...

Au chalet de la Weisse Frau, une surprise douloureuse attendait le sous-officier. Les deux hommes qu'il avait — on s'en souvient — laissés à la garde du fou furent retrouvés sans connaissance, dans une mare de sang...

L'un portait à la base du crâne une fracture terrible causée par un coup de crosse de fusil ; l'autre avait été atteint en pleine poitrine par un coup de feu tiré à bout portant.

On les chargea sur la litière d'où l'on venait de tirer André Routier, et le détachement se mit en route pour le cantonnement, le sous-officier ayant promis de téléphoner aussitôt à Thoune pour qu'un médecin montât à la Weisse Frau...

Le blessé, confortablement installé dans sa chambre, parut aussitôt éprouver un soulagement énorme. Ses paupières se soulevèrent ; l'expression de sa physionomie se transforma et même un léger sourire erra sur ses lèvres pâles...

— C'est vous ! murmura-t-il...

Sa main s'agita péniblement sur le drap comme si elle eût voulu se glisser vers celle de la jeune fille...

— Ne parlez pas... Ne bougez pas ? supplia celle-ci... Le docteur va venir.

Il la regardait...

Mais sans doute y avait-il dans les prunelles, voilées encore par la souffrance, un reflet du sentiment intime qui l'agitait, car la jeune fille, détournant la tête, caressa Fellow, étendu à ses pieds.

Lui aussi, le brave animal, était blessé ; lui aussi avait droit à des tendresses et à des soins...

Un petit gémissement poussé par lui attira l'attention d'André ; une ombre inquiète s'étendit sur son front et de nouveau ses lèvres s'agitèrent.

Cet appel du chien avait réveillé dans l'esprit endolori du blessé certains souvenirs.

— Heldrick !... murmura-t-il soudain d'une voix angoissée... Prenez garde à Heldrick !...

— Tranquillisez-vous, déclara-t-elle, il est mort...

Une brusque crispation tordit les traits d'André, qui trouva la force de se relever sur un coude.

— Mort !...

Mais, de ses mains doucement posées sur les épaules, Fridette le contraignit à se recoucher, suppliant :

— Calmez-vous... vous allez augmenter la fièvre... Attendez sagement le docteur... ou bien vous allez créer des complications...

— Oui... oui... vous avez raison... je ne bougerai plus... je ne parlerai plus... seulement, racontez-moi... dites-moi tout... Cela ne me fatiguera pas d'écouter...

— Mieux vaudrait vous reposer...

Il commençait à se surexciter et, sous une poussée de fièvre, son teint se colorait...

Alors, pour le calmer, elle consentit et, assise au chevet du lit, laissant dans la main du blessé sa main dont il s'était emparé, ainsi qu'on abandonne un jouet à un enfant malade, Fridette commença le récit des épouvantables heures d'angoisse qu'elle avait passées au chalet, seule avec le dément...

CHAPITRE IX
Le secret de Fellow.

Après quinze jours passés entre la vie et la mort, André Routier était entré en convalescence ; depuis la veille, il avait reçu du docteur l'autorisation de faire une courte promenade autour du chalet.

Au bras de Fridette, il avait pu aller jusqu'au détour du sentier duquel on a vue sur Eschinense ; là, les deux jeunes gens s'étaient assis côte à côte.

— Maintenant, dit-elle, je vous autorise à me raconter dans ses détails le drame dont vous avez failli être victime...

André Routier devait s'attendre à cette question et il avait préparé par avance sa réponse...

Depuis que la fièvre l'avait moins talonné, il avait mûrement réfléchi à ce qui s'était passé, et sa conclusion avait été aussi précise que lui permettaient de l'établir de simples déductions : M. Heldrick n'était autre que Mornstein.

Ayant échoué dans son plan contre le père de Fridette, Mornstein était revenu à la Weisse Frau, uniquement pour y reprendre ses recherches ; mais la présence au chalet d'André Routier lui avait fait tout de suite deviner, dans ce Français, compagnon de voyage du vieux Merlier, un continuateur de l'œuvre patriotique de celui-ci...

De là les perquisitions secrètement opérées dans la chambre du jeune homme afin de contrôler ses suppositions. La découverte, parmi les papiers de ce dernier, de la revue contenant son propre portrait, avait confirmé les soupçons de l'espion...

De ce moment, la perte du jeune homme avait été décidée ; et c'est ainsi que le lendemain, au cours de cette ascension au Grosshorn, alors qu'ils se hissaient péniblement le long d'une corniche, attachés l'un à l'autre, brusquement, d'un coup de son couteau, le misérable avait tranché la corde.

André avait roulé dans le gouffre, et Mornstein, sûr désormais de pouvoir agir en toute liberté, avait repris le chemin du chalet.

Mais, quand il en avait touché le seuil, déjà un travail s'était fait en lui sous l'influence de l'alcool que contenait sa gourde et dont il avait absorbé la totalité, moins pour se réchauffer que pour tenter de fuir les sinistres papillons noirs qui commençaient à voltiger autour de son cerveau...

Il n'en était cependant pas à son premier crime, et l'audace avec laquelle il s'était débarrassé de François Merlier aurait dû le trouver cuirassé contre les émotions d'un second meurtre...

Mais, peut-être, le décor tragique dans lequel il avait dû opérer, la côté mystérieux de cette nuit noire et pleine de silence, silence coupé par le tonnerre des avalanches, le sanglot des torrents, l'aspect fantomatique des pics neigeux, peut-être tout cela avait-il contribué à l'impressionner profondément et sinistrement...

C'est pourquoi, à peine rentré, il s'était jeté sur le litre d'eau-de-vie dont plusieurs rasades successives avaient porté à son cerveau un coup funeste...

Alors, l'alcool agissant, des hallucinations l'avaient assailli qui, répétées, avaient fini par provoquer une lésion au cerveau.

On connaît la suite...

Mais convenait-il que le jeune homme mît Fridette exactement au courant du drame dont il avait été victime !...

En lui disant la vérité, n'irait-il pas contre la volonté du vieux François Merlier qui jamais n'avait voulu que sa fille fût initiée à la mission qu'il avait assumée ?...

Le vieux patriote estimait, en effet, qu'un secret n'est jamais mieux gardé que par soi-même, surtout lorsqu'il a trait à la Patrie...

En conséquence, André avait arrangé par avance une fable qui pût, dans une certaine mesure, donner satisfaction à la curiosité bien naturelle de Fridette...

Donc, à la question qu'il pressentait, il répondit :

— Vous doutiez-vous que M. Heldrick était venu ici parce qu'il vous aimait ?...

— Moi ! s'écria la jeune fille, les joues subitement empourprées.

— Ne vous en étiez-vous donc pas aperçue à bord de l'*Auvergne* ? interrogea André.

— Oh ! bien sûr, expliqua-t-elle, assez embarrassée, j'avais remarqué qu'il était très occupé de moi et qu'il cherchait toutes les occasions susceptibles de nous réunir... Seulement, je m'étais imaginée que ce n'était là qu'un moyen de rendre plus intimes ses rapports avec mon pauvre papa...

— Dans quel but, je vous le demande un peu, ce rapprochement ?... et puis, votre père une fois disparu, quel intérêt pouvait pousser M. Heldrick à vous relancer jusqu'ici ?...

Et avec force :

— Non... non... je vous dis, moi, s'il est venu à la Weisse Frau, c'est parce qu'il vous aimait d'un amour profond, violent ! La preuve... c'est qu'il a cherché à se débarrasser de moi !...

Elle le regarda, ne comprenant tout d'abord pas...

— Je vous demande pardon de vous parler ainsi, mademoiselle Fridette, dit-il tout embarrassé, mais vous m'interrogez... il faut bien que je vous réponde...

Fridette aussi devint toute rouge et balbutia :

— Alors, c'est à cause de moi que ce misérable aurait tenté de vous assassiner ?

— ... J'en ai la conviction. Quand il m'a rencontré au chalet, son désappointement a été profond... je m'en suis aperçu... Sans doute, sa jalousie a-t-elle pris ombrage de ma présence...

Elle lui prit la main en murmurant :

— Vous me voyez désespérée.

Il la regarda longuement, comme s'il eût hésité à parler, puis, enfin, d'une voix qui tremblait un peu :

— Vraiment, Fridette, regrettez-vous autant que cela que ce misérable ait pu être jaloux de moi ?...

Elle détourna la tête et garda le silence.

Alors il comprit qu'il ne pouvait se taire davantage et, se penchant vers elle, murmura :

— Si je vous disais que sa jalousie avait raison d'être !... Oui, sur le bateau, déjà, quand vous jouiez au tennis avec lui, j'enviais sa légèreté, son adresse, qui lui permettait cette fréquentation dont je m'exaspérais...

— André... interrompit-elle...

— ... Je me sentais si invinciblement attiré vers vous.

— Oh ! André !... André !...

Et elle ajouta, mise en confiance par cet aveu, si simple, si touchant :

— Moi aussi, je vous aime... et je ne saurais vous dire les transes effroyables par lesquelles j'ai passé durant ces trois jours que j'ai vécus, seule ici, avec ce misérable, soupçonnant le sort affreux qui devait être le vôtre et ne pouvant rien pour vous...

Ils demeurèrent longtemps, sans parler, les yeux rivés sur l'admirable panorama que faisait à leur pied le miroir étincelant du lac, dont les eaux, frappées par les dernières lueurs du jour, semblaient d'argent poli...

Enfin le soleil disparut derrière le Grosshorn et subitement l'espace s'assombrit.

— Rentrons, fit-elle tout à coup en se levant.

CHAPITRE IX

— Je voudrais pouvoir rester éternellement ici ; il me semble que l'air est encore tout vibrant de votre aveu, et ce m'est une musique délicieuse...

— Venez, dit-elle gentiment moqueuse ; cette musique pourrait vous être pernicieuse, d'autant plus qu'au chalet, bien au chaud dans la salle, vous pourrez l'entendre encore, si elle vous charme à ce point...

— Oh ! Fridette !... petite Fridette !...

Et ils regagnèrent la Weisse Frau, lui appuyé sur le bras de sa fiancée, elle guidant ses pas avec une sollicitude quasi maternelle, toute fière de le sentir si faible encore et contraint d'avoir recours à elle...

En arrivant au chalet, ils trouvèrent la vieille tante Bienthall, affligée et inquiète.

— Fellow ne va pas, déclara-t-elle ; il est demeuré couché toute l'après-midi près du poêle, et il se plaint sans discontinuer... Tenez, l'entendez-vous ?...

Par la porte de la cuisine arrivaient en effet des gémissements légers et doux, comme ceux d'un enfant...

— Pauvre Fellow, murmura André, jamais il ne s'est remis de sa blessure.

— Oh ! monsieur Routier... monsieur Routier... venez donc voir... le pauvre Fellow !...

André s'empressa et trouva la jeune fille agenouillée près de l'animal : Fellow haletait, la langue pendante hors de sa gueule qu'une bave épaisse salissait...

Ses yeux ternes se fixaient avec une sorte de prière sur sa maîtresse, semblant lui dire :

— Tu vois dans quel état je suis... et tu ne fais rien pour me soulager !... Cependant, toute ma vie, je me suis ingénié à t'aimer du mieux que j'ai pu...

La jeune fille avait conscience de ces muets reproches ; les paupières débordantes de larmes, elle s'écria :

— Je vais descendre jusqu'au chalet d'Eschinensee et, de là, je téléphonerai au vétérinaire de Kandersteg de monter de suite...

— Tu es folle ! clama la tante Bienthall ; descendre à Eschinensee !

par la nuit qui vient !...

— On ne peut pas laisser mourir Fellow !...

— Non, certainement, déclara André ; aussi, est-ce moi qui vais descendre !

Et, déjà, il reprenait son chapeau et son bâton, lorsque soudain un étourdissement le fit chanceler et il dut se soutenir pour ne pas tomber...

— Vous voyez bien ! déclara Fridette, cette promenade seule vous a fatigué plus qu'il n'aurait fallu !... Vous allez rester ici... bien au chaud, à vous reposer... Moi, je n'en ai pas pour longtemps... je connais des raccourcis qui abrégeront la route...

Tout en parlant, elle prenait sa cape, un bâton, une lanterne...

Voyant ces préparatifs, Fellow témoigna l'intention d'accompagner sa maîtresse, mais il retomba sur le flanc en poussant un gémissement douloureux...

La jeune fille s'agenouilla, recoucha la bête avec une autorité tendre ; puis, à André :

— Je vous le recommande... Soignez-le bien durant mon absence...

Pendant quelques instants, le jeune homme demeura immobile, l'oreille tendue vers le bruit des pas pressés qui claquaient sur le sol durci.

Après quoi, il gagna la salle où un grand feu brillait, mettant de la chaleur et de la gaîté dans le plus petit recoin... Et, comme il avait de la joie plein l'âme, il s'installa, tout heureux, au coin de la cheminée, revivant avec délices chaque moment de ce délicieux après-midi.

Ainsi donc, Fridette l'aimait !...

C'était, par tout son être, une sensation intime de bonheur parfait !...

Ah ! comme ce bonheur eût été absolu, complet... si, brusquement, ses regards étant tombés sur un journal déplié sur la table, un titre en gros caractères n'avait, attiré son attention...

C'était l'heure angoissante des attaques sur l'Yser, alors que les Allemands rêvaient de leur marche sur Calais !...

Le journal suisse, commentant les nouvelles, laissait entendre que, peut-être bien, y aurait-il lieu pour la Confédération de songer un peu à elle-même, avant qu'il fût longtemps…

Des agents allemands sillonnaient les cantons de Berne et de Vaud, avec des allures singulières et des curiosités inquiétantes.

« Peut-être, disait-il, l'Allemagne serait-elle prochainement tentée d'emprunter le territoire helvétique pour faire passer des troupes, afin d'opérer sur le flanc français une utile diversion ! »

Ces mots rappelèrent alors à André les confidences du vieux Merlier, et desquelles, avait-il déclaré, dépendaient le sort de la Suisse et peut-être même celui de la France…

Vainement, le jeune homme avait fouillé en tous sens la contrée pour découvrir ce point dont la victime de Morstein avait emporté le secret dans la tombe, ce point qui suffisait à anéantir les combinaisons de l'envoyé du grand état-major de Berlin…

Que n'eût-il pas donné pour pouvoir le repérer, ce point mystérieux ?…

Hélas ! Mornstein lui-même, un fort entre les forts, s'y était épuisé et avait fini par y laisser sa raison et sa vie…

— Eh bien ! mon vieux Fellow ! murmura le jeune homme interrompu dans ses méditations par l'arrivée du chien… Comment ça va, mon camarade ?

L'animal, sous le lancinement de la souffrance, avait trouvé l'énergie de se traîner jusqu'à ses pieds, et là, couché sur le flanc, levait vers lui sa grosse tête.

— Tu souffres ?… mon vieux ?… interrogea le jeune homme en se penchant vers la bête, dont il caressait la toison épaisse avec sollicitude…

Quelque douce que fût la caresse, Fellow cependant en souffrit et un gémissement lui échappa…

— Pour examiner la blessure plus attentivement, il eût fallu couper tout ça, murmura André.

Il palpait doucement le chien, cherchant, en écartant les poils, à se rendre compte de l'état de la blessure… Mais la toison était si épaisse qu'il ne pouvait y parvenir sans arracher au patient des petits gémissements douloureux…

Alors, comme une paire de ciseaux traînait sur la table, il s'en servit pour dégarnir les abords de la blessure, dont les lèvres lui parurent suppurer fortement...

Évidemment, André pouvait « y voir plus clair », comme disent les praticiens ; mais le travail des ciseaux était encore bien imparfait ; la toison était tellement drue qu'il était douteux que les remèdes pussent agir avec toute l'efficacité désirable.

André alors se souvint que, dans sa toute jeunesse, à la suite d'une chute, une plaie lui étant venue à la tête, le chirurgien, pour pouvoir appliquer plus utilement son pansement, avait été contraint de lui raser une partie du crâne.

Qui l'empêche d'en faire autant pour Fellow ? Et le voilà qui, le blaireau en main, se met à la besogne...

Sous les coups du rasoir, la toison disparaît profondément et alors... soudain, sur la peau de l'animal, apparaît un singulier tatouage.

À mesure que la tonsure s'élargit, ces lignes prennent entre elle une coordination bizarre.

Il active fiévreusement son travail, mais sa main ne tremble pas. Il a l'instinct que des intérêts sacrés sont en jeu.

Peut-être tient-il la clé du mystère qui le préoccupe depuis si longtemps !...

Oui... oui... maintenant, il ne peut plus avoir de doute : ces lignes, ces pointes, ces hachures, ces chiffres... ce sont tous les détails d'un plan topographique...

Et ce plan, c'est celui de la région de Kandersteg !...

Voici le tracé du tunnel... voici Brigue... et de ce côté Spietz !... puis, ici, les pics de la Jungfrau... et le Grosshorn... et la Weisse Frau, et le cours de la Kander... et là les glaciers d'Aletsch.

André Routier n'en peut croire ses yeux !... et cependant, aucun doute n'est possible : le vieux François Merlier a voulu confier à son fidèle compagnon le secret duquel dépend sa patrie !...

Oui, oui, Fellow porte sur lui l'itinéraire qui doit permettre d'accéder au point mystérieux que Mornstein a cherché durant si longtemps à surprendre.

Une carte à la main, André compare les deux tracés, et il repère aisément au moyen du pointillé qui, sur le derme de l'animal, indique la route à suivre à travers les pics et les précipices...

C'est bien, loin de la région de la Weisse Frau, presque dans celle de la Jungfrau, que François Merlier a accompli son mystérieux travail...

Mais soudain, la joie du jeune homme s'éteint : au fur et à mesure que, sous la lame du rasoir, l'épiderme de la bête apparaît plus net, il découvre que certaines parties du plan se sont trouvées déchirées par la balle dont Mornstein a frappé Fellow !... et précisément les parties les plus essentielles !...

Seulement, peut-être, à l'aide d'études complémentaires, en compulsant avec attention les rapports des ingénieurs sur les travaux du tunnel, André parviendra-t-il à suppléer, par les déductions d'un homme de métier, aux lacunes creusées au flanc de l'animal par la balle du meurtrier...

Et, plein d'espoir, le jeune homme comprend alors la signification qu'avait, dans la bouche de François Merlier, ce nom :

— Fellow !... Fellow !...

CHAPITRE X
L'enfer de glace.

Près de trois semaines déjà s'étaient écoulées depuis la découverte étrange qu'avait faite Andrée Routier ; et ces trois semaines avaient été consacrées par le jeune homme à un travail acharné...

Il avait pu réunir sur la marche des travaux du tunnel bien des détails dont l'ensemble avait projeté une lumière vive sur des points du problème demeurés obscurs...

C'est ainsi que, des circonstances dans lesquelles s'étaient produit le fameux effondrement des travaux au cours de l'année, il avait tiré des conclusions qui l'avaient amené fatalement, par la seul puissance de la logique, à orienter ses suppositions vers un point bien spécifié.

Une mine, préparée par François Merlier, devait déterminer une crevasse dans la poche d'eau que forme souterrainement la Kander, dont le cours se trouve superposé à la voie dans certaine partie du massif montagneux traversée par le tunnel...

Cette rupture du sol tendait à faire envahir par les eaux torrentueuses le parcours du tunnel tout entier, en en rendant toute utilisation matériellement impossible...

Voilà à quelle conclusion était arrivées les études et les réflexions du jeune homme...

Cela bien établi, il ne lui restait plus qu'à se lancer, sur le terrain même, à la recherche du point que la balle de Mornstein avait effacé sur le plan de Fellow.

Seulement, pour cela, il fallait attendre que l'animal fût valide : André ne pouvait mettre en doute en effet qu'il eût accompagné son maître — qu'il ne quittait jamais — dans cette expédition ; et, bien que plusieurs années se fussent écoulées, le jeune homme avait bon espoir que l'instinct et le flair de l'animal lui seraient un adjuvant précieux...

Affectueusement soigné par Fridette, le chien, d'ailleurs, s'était remis rapidement sur pattes, et le jour du départ avait pu être fixé...

Lorsque, au matin, tout équipé, André descendit à pas de loup l'escalier qui conduisait à la salle, il fut tout surpris en voyant Fridette paraître sur le seuil de la pièce.

Elle était en tenue de montagne, juponnée de court, de fortes chaussures aux pieds, haut guêtrée, le buste serré dans une veste en peau de chamois et coiffée du bonnet fourré destiné à protéger les oreilles contre le froid des glaciers...

Ah ! il n'eut pas besoin de l'interroger : il comprit tout de suite son dessein...

— Quoi ! fit-il, lui ayant saisi les mains pour la rapprocher de lui, vous voulez...

— ... vous accompagner ! oui... Oh ! ne dites rien, ne cherchez pas à me dissuader de ce que j'ai résolu !...

— Mais réfléchissez...

— Je ne veux réfléchir qu'à une chose : c'est que, par votre aveu de l'autre jour, vous m'avez donné des droits sur votre vie et que, cette vie qui m'appartient un peu déjà, j'ai le droit de veiller sur elle...

— Mais il y a danger...

— C'est précisément pour cela que je veux être à vos côtés, non pas tant pour vous protéger que pour les partager...

CHAPITRE X

L'émotion d'André était telle qu'il lui était impossible de proférer une parole : ses mains étreignaient celles de la jeune fille.

Non, il ne dirait rien !... Non, il n'opposerait à la courageuse décision de Fridette aucun argument...

Elle voulait l'accompagner, associer ses efforts aux siens pour la recherche de la vérité ; elle voulait, elle aussi, fournir sa quote-part d'énergie morale et physique à la lutte du droit et de la justice contre la barbarie !...

Qu'il en fût ainsi qu'elle le voulait ! Avec elle à ses côtés, il sentait se décupler son énergie physique et sa valeur morale...

Quelques instants plus tard, comme les premiers feux de l'aurore rosissaient au loin le sommet du Grosshorn, ils quittaient le chalet, précédés de Fellow.

Le brave animal marchait la tête droite, le panache de sa queue dressé comme un drapeau ; on eût dit qu'il avait conscience du rôle qui lui incombait.

Depuis des heures et des heures, ils circulaient à travers le massif tragique des Alpes bernoises, et la nuit allait tomber lorsqu'ils atteignirent un point porté sur le plan de François Merlier comme ayant été pour lui une première étape pour passer la nuit.

Dès l'aube, ils repartirent d'un bon pied ; il leur tardait d'atteindre le point mystérieux et qui restait à déterminer sur le plan en partie détruit par la balle de Mornstein.

Au milieu du jour, ils arrivaient sur les contreforts du Blumlisalp, et là, il sembla tout à coup que Fellow se reconnut : il marchait en tête, quêtant de droite et de gauche, allant et revenant sur ses pas, tantôt montant sur le sommet d'arêtes souvent à pic, tantôt se laissant glisser sur les pentes raides des gouffres...

Évidemment, des souvenirs lui revenaient en foule, d'un chemin déjà parcouru et dont il cherchait les détails sous la neige fraîchement tombée...

Enfin, il parut avoir retrouvé le fil conducteur et, sans hésitation, s'engagea dans une manière de couloir creusé par la force des eaux entre deux murailles de granit qui escaladaient le liane de la montagne... Comme le soleil, à son déclin, dorait la cime extrême de l'Eiger, ils débouchèrent enfin sur le flanc du glacier.

Là, une hutte, rudimentaire abri destiné aux ascensionnistes montant à la Jungfrau, leur offrit pour la nuit une toiture protectrice.

Fellow, comme inquiet, rôda au dehors une partie de la nuit, en dépit des appels des deux jeunes gens.

Avec, les premières lueurs du jour, ils se mirent en route, toujours sous la conduite du chien qui, cette fois, marchait avec une assurance dans laquelle ils puisaient une grande confiance..., ce qui était d'autant plus important qu'à partir d'Aletshorn le plan tatoué par François Merlier sur le flanc de l'animal avait été tout bouleversé par la balle de Mornstein et que la blessure, en se cicatrisant, en avait effacé tous les détails.

Dans l'impossibilité de repérer son chemin, l'unique ressource d'André était donc de s'en remettre au flair de Fellow.

On avançait, cependant, avec précaution, contrôlant sur la carte l'itinéraire suivi par la bête : évidemment, c'était vers le lac de Maerjelen, qu'elle se dirigeait. En étudiant la région, André avait appris que le lac donne naissance à un torrent, affluent de la Kander, dont il grossit les eaux si tumultueusement que les ingénieurs suisses, pour en endiguer la violence, avaient dû construire un ouvrage souterrain d'une puissance extrême.

Autrement, à l'époque de la fonte des neiges, il eût été à craindre que la force unie des deux cours d'eau ne bouleversât toute la vallée de la Kander, entraînant comme des fétus les ouvrages d'art qui constituent une grande partie de la voie de Spietz à Brigue...

Pour la troisième fois, après avoir atteint Eggishorn, il leur fallut camper au milieu des glaces, au-dessous du pic d'Aletshorn, qui dresse à quatre mille mètres dans l'espace sa tête glacée...

Une ombre froide tombait de ce géant des monts sur toute la région avoisinante, et les deux infortunés, sans feu, n'ayant pour se protéger contre le sol glacé que leur mince couverture, n'eurent d'autre ressource, pour lutter contre le froid, que de battre la semelle jusqu'au lever du jour... où ils se remirent en route, à travers un chaos véritable de roches monstrueuses.

Bientôt le sol se transforma : tout humus avait disparu... les pierres elles-même cessèrent de rouler sous leurs pieds : c'était de la glace pure sur laquelle ils cheminaient...

De droite et de gauche, comme les rives surélevées d'un fleuve immobile, des moraines désolées se dressaient, les encadrant...

CHAPITRE X

— Le glacier d'Aletsh, déclara André après avoir consulté la carte.

C'était un chemin d'épouvante qu'ils suivaient à la suite de Fellow, chemin coupé de fondrières au fond desquelles rugissaient de sinistres eaux d'un bleu glauque, et qu'il leur fallait, à l'aide de leur bâton de montagne, franchir d'un bond sous peine de faire des détours de plusieurs kilomètres...

Et cependant, ils allaient quand même, soutenus par une foi invincible : l'assurance du chien les entraînait malgré eux, certains qu'ils étaient de se trouver dans la bonne voie...

Maintenant, ils redescendaient un pou, ce qui était conforme aux indications du plan tracé par François Merlier, ayant Eggishorn comme point de direction.

Depuis une couple d'heures, donc, ils cheminaient en plein inconnu, n'ayant pour guider leurs pas que le seul flair de leur compagnon...

Le ciel, d'un gris de cendre depuis le début de la journée, s'était soudainement assombri davantage et, par moments, une impalpable poussière de neige tourbillonnait, avant-courrière d'une prochaine tourmente...

Sans en rien dire à sa compagne, André était inquiet : si, à l'horreur de la contrée, venait s'ajouter le danger d'une tempête, qu'allaient devenir les deux excursionnistes ?...

Le jeune homme savait que souvent, en montagne, il suffit d'un coup de tonnerre, ébranlant l'atmosphère, pour déclencher une avalanche !

Et contre une avalanche, quel refuge chercher ?...

Et voilà que soudain, devant eux, une muraille se dressa, si haute que leurs yeux n'en pouvaient apercevoir la crête, tellement à pic que leurs efforts eussent été impuissants à leur en faire atteindre le sommet.

Arrêtés, ils promenèrent autour d'eux un regard désespéré : de tous côtés, la même barrière s'élevait infranchissable ! Ils avaient abouti à un gigantesque cul-de-sac, n'offrant d'issue que le couloir qu'ils avaient suivi jusque-là...

Fellow rôdait au pied de cette muraille, reniflant l'espace, grattant le sol glacé de ses griffes rageuses, comme s'il eût espéré pouvoir s'ouvrir un passage à travers cette barricade de géants...

Par instants, il prenait sa course, paraissant obéir à une impulsion irraisonnée, et suivait à toute vitesse la base de l'obstacle, grondant, aboyant, comme s'il eût appelé quelqu'un qui se fût trouvé de l'autre côté...

André finit par remarquer la singulière attitude de l'animal ; il abandonna un instant sa compagne et s'en fut en courant rejoindre Fellow, histoire de se rendre compte...

Et voilà que, soudain, comme il examinait d'un œil désespéré cette barrière infranchissable, ses regards furent frappés par des signes apparus à la surface d'une roche qui, en certain endroit, émergeait de la glace... C'étaient comme des formule : algébriques qu'accompagnaient certains caractères hiéroglyphiques.

À l'exclamation qui, tout à coup, lui échappa, Fridette accourut le rejoindre : sans prononcer une parole, il étendit le bras et alors, tous deux, saisis du même pressentiment, ils s'étreignirent les mains en silence...

Tant de constance allait-elle enfin se trouver récompensée ? Le pauvre François Merlier n'aurait-il donc pas donné sa vie en vain ?... On eût dit que Fellow avait l'intuition de ce qui se passait en eux, car il grattait de plus belle à la base de la muraille déglacé, poussant de sourds grognements...

— C'est là ! paraissait-il leur dire... c'est là !...

En dépit de la neige qui tourbillonnait en flocons de plus en plus serrés, André tira de son sac la carte relevée par lui sur le flanc de l'animal et, hissé sur une roche pour atteindre au plus près de ces singulières inscriptions, les examinait avec la volonté tenace d'arriver à déchiffrer le mystère qui se trouvait inscrit là.

Soudain, sautant à terre, il serra en un élan fou la jeune fille dans ses bras, en hurlant de joie :

— Les mêmes signes !... les mêmes signes !...

Mais, en ce moment, un fracas énorme ébranla l'atmosphère !...

Il sembla que, sous une poussée titanesque, le sol craquait, en même temps que, tout autour d'eux, les montagnes oscillaient...

Vainement, André tenta-t-il de conserver son équilibre : il avait l'impression d'être à la surface d'une mer démontée dont les lames rigides l'eussent alternativement projeté sur leurs crêtes pour le laisser ensuite retomber dans des gouffres sans fond...

CHAPITRE X

Le tonnerre roulait sans interruption avec un bruit d'artillerie formidable, tandis que, tout autour d'eux, les avalanches se précipitaient du haut des pics comme des cataractes aveuglantes...

Désespérément, le jeune homme avait étreint sa compagne, inanimée déjà, voulant, s'il devait mourir, du moins mourir uni à elle.

Puis, à ses pieds, une crevasse s'ouvrit : il poussa un grand cri avec la conscience que l'ultime instant était arrivé...

Quand il reprit connaissance, il était étendu sur un roc, enfoui presque en entier sous une épaisseur de neige dont les pattes agiles de Fellow s'acharnaient à le débarrasser...

Il était lui-même incapable de coopérer à son propre sauvetage ; ses membres glacés par le froid n'eussent pu faire le plus petit mouvement, et son cerveau, comme ankylosé, eût été incapable de produire le moindre effort.

Tout ce dont il était incapable était de constater qu'autour de lui le soleil brillait, éclatant...

Le cataclysme avait cessé, la nature alpestre avait repris sa sauvage immobilité : c'était comme si André eût été la proie d'un épouvantable cauchemar...

Entre ses bras, il tenait toujours le corps inanimé de sa compagne : cette vue suffit à faire renaître en lui une énergie suffisante et un impérieux désir de vivre...

Fellow, cependant, travaillait activement à déblayer la neige qui ensevelissait son ami, et peu à peu le froid glacé qui pesait sur la poitrine d'André s'allégeait, permettant à ses poumons de jouer plus aisément...

Bientôt débarrassé complètement, il put se redresser, et sa première pensée fut pour jeter autour de lui un regard plein de curiosité angoissée.

Où était-il ?... Dans quelle région nouvelle l'avalanche l'avait-elle précipité ?...

Et la barrière de glace, tombeau du secret de François Merlier, qu'était-elle devenue ?...

Cette incertitude suffit à lui rendre miraculeusement sa force de volonté...

Les yeux lovés à la recherche de points de repère, il reconnut, dressant au-dessus des monts voisins leurs cimes orgueilleuses que le cataclysme avait épargnées, le Grosshorn, puis, sur sa droite, le Reithorn… et enfin, là, sur la gauche, Weisse Frau…

Mais alors il avait roulé dans un gouffre, et il suffisait qu'il eût l'énergie nécessaire de s'accrocher aux aspérités de glace qui l'entouraient pour qu'il lui fût possible de sortir de cette tombe…

Avec l'âpre désir de vivre et surtout de sauver sa compagne, il tenta l'ascension, suivant Fellow que son instinct guidait à travers les détours de ce labyrinthe de glace…

Et il en sortit !…

Mais quelle déception l'attendait en haut !…

Lézardée, transformée, la barricade glacée à laquelle il s'était heurté et sur la paroi de laquelle il avait retrouvé les signes tracés par la main de François Merlier n'était plus qu'un amoncellement titanesque de blocs chaotiques sous lesquels se trouvait enseveli à jamais le secret du vieux patriote…

André poussa un cri de désespoir ; puis, comme subitement frappé de folie et d'épouvante au milieu de ce désert glacé où nul bruit ne s'entendait plus, dans lequel même le grondement sourd des torrents s'était éteint, ayant l'impression d'être descendu vivant dans une tombe, il se mit à fuir, précédé de Fellow. Guidé par son instinct, l'animal l'entraînait par des fissures que le cataclysme avait creusées dans les parois de cette prison de glace, où il se trouvait quelques heures auparavant enfermé…

Et, pendant longtemps, sans avoir même conscience de la fuite des heures, la tête perdue, les jambes flageolantes, soutenu par une seule idée, idée fixe comme en ont les fous, il alla, gravissant les pics, descendant les moraines, fouillant l'horizon pour y découvrir le toit sauveur… aspirant au moment où il sentirait enfin sous son talon un sol de roc au lieu de cette surface glacée sur laquelle patinaient ses pieds brisés de fatigue…

Et voilà que, tout à coup, à ses yeux, dans le creux d'une vallée verdoyante, des maisons apparurent, toutes petites, ainsi que des jouets d'enfants…

Fiesch !… c'était Fiesch !…

Et cette vue, tout à coup, rendit à son cerveau toute sa lucidité !…

En quelques secondes, il eut conscience du miracle accompli, miracle qui réparait le désastre causé par la furieuse tourmente qui l'avait assailli, anéantissant d'un seul coup tous les efforts de François Merlier !...

Non, ce n'était pas en vain que le corps du patriote suisse reposait au sein des flots méditerranéens !...

Sa patrie et en même temps celle d'André Routier, — qu'il avait voulu protéger contre la traîtrise du kaiser, — pourraient être sauvegardées quand même.

Par le chemin que venait de suivre André, chemin qu'avec l'aide de Fellow il se faisait fort de retrouver, les troupes suisses pourraient arriver dans le Tessin quarante-huit heures plus tôt que si elles devaient emprunter la route de la Fürka ou du Grimsel...

Ainsi se trouverait barrée la route aux envahisseurs qui, au mépris des traités, envahiraient le territoire de la Confédération !...

De joie, André faisait l'effet d'un homme pris de boisson : il titubait en marchant, succombant sous le poids de son cher fardeau...

Et, tout à coup, son pied glissant, il s'affala sur le glacier dont il s'apprêtait à franchir la moraine, pour regagner une route aperçue, non loin, serpentant aux flancs de la montagne et sur laquelle manœuvraient des troupes.

Mais, en perdant connaissance, il avait l'intime jouissance d'avoir accompli son devoir, tout son devoir de bon Français... Il suffisait maintenant qu'il vécût assez pour ne pas emporter, lui aussi, son secret dans sa tombe...

Mais Fellow « était là pour un coup », comme on dit vulgairement ; celui qui avait réussi à tirer ses amis des embûches mortelles de la montagne allait savoir aussi assurer leur salut.

C'était là pour lui besogne enfantine.

En un raid rapide, il atteignit la route et, par son manège, il eut tôt fait d'attirer l'attention d'un officier, qu'il contraignit à le suivre...

Moins d'une demi-heure plus tard, les corps inanimés de Routier et de Fridette, étendus sur une voiture d'ambulance, étaient transportés au camp voisin, où des soins assidus leur étaient prodigués...

En revenant à lui, aussitôt qu'il se trouva rassuré sur le sort de sa compagne, le jeune homme fit demander à l'officier commandant de vouloir bien venir s'asseoir à son chevet : il avait à lui confier un secret d'importance, duquel, affirma-t-il, dépendaient et la sécurité de la Suisse et le salut de la France...

Lorsqu'une heure plus tard l'officier quittait le lit du jeune homme, il portait sur son visage l'empreinte d'une préoccupation grave, en même temps qu'une lueur d'espoir brillait dans ses regards...

Lui aussi, une fois entendues les explications d'André, avait senti calmées en lui les appréhensions que le misérable sort imposé à la Belgique par la félonie allemande lui avait inspirées pour la liberté helvétique...

***

Un lisait dans le journal *Le Temps*, à la date du 18 décembre 1914 :

Notre correspondant particulier de Berne nous écrit :

« *Il était jusqu'à présent reconnu par l état-major fédéral que, si un ennemi réussissait par surprise à s'emparer de Brigue, tête de la ligne du Simplon et commandant par là même la sortie du tunnel du Lötschberg, l'armée suisse ne pourrait intervenir efficacement qu'en envoyant des troupes de l'Oberland bernois par la route du Grimsel, ou de la région du Gothard, par la route de la Fürka ; mais ces voies de communications nécessitent des marches fort longues et fort pénibles...*

» *La question se posait de savoir si un détachement empruntant la voie de la Jungfrau et descendant par le glacier d'Aletsh ne pourrait pas gagner quarante-huit heures sur l'itinéraire jusqu'à présent indiqué.*

» *Eh bien ! hier, un bataillon bernois d'infanterie de montagne a exécuté brillamment cette manœuvre : parti à sept heures du matin du col de la Jungfrau par une tempête de neige, il est arrivé à la tombée de la nuit à l'Eggishorn, après avoir livré un combat acharné aux troupes valaisiennes qu'il a surprises et totalement défaites.* »

Et les journaux suisses concluaient avec orgueil :

« *Les Boches peuvent venir... nous les attendons !* »

FIN

ISBN : 978-3-98881-996-3

www.ingramcontent.com/pod-product-compliance
Lightning Source LLC
LaVergne TN
LVHW090036080526
838202LV00046B/3843